스파이라

스파이라

김아인
장편소설

spira

허블

spira

차례

스파이라 ······ 007

작가노트 ······ 208

심사평 ········· 211

1장

"너, 신이 있다는 거 알아?"

페이가 그렇게 말했을 때, 나는 여관 침대의 헤드보드에 머리를 기대고 어디서 들려오는지 모를 파도 소리를 듣고 있었다. 싱가포르 서쪽 항구의 제방으로 밀려와 부서지는 파도와도 다르고, 인도를 따라 세워진 난간 아래에서 찰박거리는 홍콩 가우룽완의 파도와도 다른, 백사장 알갱이를 부드럽게 쓸고 가는 그런 고운 파도 소리였다. 내가 비몽사몽 꿈속을 헤매느라 오랫동안 말이 없자, 페이가 몸을 뒤집으며 뒤통수로 내 허벅지를 눌렀다.

"뭐라 말 좀 해봐."

"어, 그러니까….."

나는 놀라 눈을 뜨며 잠결에 들은 페이의 목소리를 되짚었다.

"신? 그… 종교의?"

"아니. 그런 거 말고."

페이가 몸을 뒤집으며 말했다.

"그런 얘기 들어본 적 있지? 초기 정신 전산화 실험 중에 개발자 한 명의 인격 데이터가 테스트 서버 벽을 뚫고 넷으로 흘러들어 갔다는 거."

나는 고개를 끄덕였다.

"들어는 봤지."

"어디까지 알아?"

정확히 어디까지냐고 묻는다면, 사실 좀 대답하기 어려운 질문이었다. 오랫동안 전 세계 커뮤니티를 달구던 이야기인 만큼 온갖 살이 붙으며 우후죽순 불어난 잡설들만 해도 엄청난 양이었다. 나중엔 아무도 어디가 줄기이고 어디가 곁가지였는지도 모르게 될 정도로. 물론 지금 보면 어느 쪽이든 허무맹랑한 이야기일 뿐이지만… 그땐 그럴 때였으니까. 모든 것에 대한 모든 이야기들이 떠돌던 시기. 누구의 음모라고도 하기 힘든 음모론이 하루에 수천 개씩 쏟아져 나오던 시기. 왜 그랬을까 생각해 보면, 아마 불안했기 때문이었던 것 같다. 에피네프라는 이름도 낯선 전염병. 인구의 급감에 따른 온갖 마비와 장애. 기억과 인격을 데이터화하는 정신 전산화 기술의 개발과, 그 기술을 독점해 고객들에게 제2의 가상 인생 서비스를 제공하는 AE^{Artificial Eden}의 설립. 알고 있던 것과 알지 못하는 것, 대비해 오던 것과 조금도 대비하지 못한 것의 경계가 완전히 무너지고 뒤섞이는 그 혼란 속에서 우린 이후의 인생이 어떻게 될지, 거기에 적응해 내지 못한 인간이 어떻게 될지 조금도 몰랐다. 그러다 서로의 불안을 달랠 수 없으리라는 결론에 도달한 뒤에는, 너 나 할 거 없이 온갖 말도 안 되는 이야기들을 퍼다 나르기 시작했다. 자기가 느끼는 공포와 불안을 타인의 눈에서도 발견할 수만 있다면 무엇이든 좋다는 식이었다. 무책임하고 악의적이지만, 인간은 원래부터 그랬다는 듯이. 아주 자연스러운 일이라는 듯이. 나는 결국 할 말을 찾지 못하고 맥없이 웃었다.

"글쎄… 오래된 일이라."

그렇지. 오래되긴 했지. 페이도 순순히 동의했다. 돌아가고 싶지 않은, 지나고 봐도 추억이 되지 않는 시절. 말하자면 시간 그 자체보다는 마음이 떠난 지 오래인 기억들이었다.

그래서 나는 의아해졌다. 평소 페이가 찾아다니는 이야깃거리는 대중이 원하고 즐길 수 있는 것들이지 불편한 기억을 떠올리게 하는 것이 아니었다. 페이는 자기 일에 유능했다. 혼자서 기획부터 취재, 디자인, 기사 작성, 편집까지 전부 해냈다. 대중이 기피할 주제에 관심을 가질 이유도, 그럴 여유도 없는 사람이었다. 그렇다면 뭘까. 페이는 머리카락 사이에 손가락을 넣고 빙글빙글 돌리다가 대단치 않은 소리를 하듯 말했다.

"사실 나 그 사람이랑 만났어."

"어? 만났다고?"

"만난 건 아니려나. 실체가 있는 건 아니니까. 음, 연락을 받았어. 그만하라고."

"뭘 그만해?"

페이가 당연한 걸 묻느냐는 듯 웃었다.

"캐고 다니는 걸 말이야. 내가 좀 극성스럽긴 했어. 덕분에 몇 가지 알아낸 것도 있는데, 하여튼 거슬렸나 봐."

"그러니까 네 말은…."

나는 거기까지 말하고 의식적으로 입술을 딱 붙였다. 페이가 먼저 꺼낸 말이래도 그걸 다시 내 언어로 재해석하는 게 왠지 과거의 무책임한 가십들을 떠오르게 해서였다. 나는 신중히 말을 꺼냈다.

"그거, 혹시 다른 사람이 보낸 건 아니야? 그러니까… 진짜 살아 있는 사람이."

"나도 처음에는 그런 줄 알았거든."

페이도 자기 말이 어떻게 들릴지 안다는 듯 퉁명스럽게 중얼거렸다.

"근데 누가 날 지켜보고 있었단 건 사실이잖아. 솔직히 좀 무섭더라고. 이게 말이야, 이런 상황이 닥치면 오기가 생길 줄 알았는데 덜컥 겁부터 나더라."

"그건… 그랬겠네."

"그래도 어찌 보면 기회다 싶었지. 무슨 컬트적인 단체라도 있는 건가. 신흥 사이비 집단? 그럼 잡지 기사가 아니라 뉴스감이잖아. 그래서 일단 뭐라도 건져보자는 생각으로 답장을 보내려 했단 말이지. 근데 전송이 되질 않는 거야. 존재하지 않는 수신인이라고. 그럴 리가 없는데. 혹시나 해서 컴퓨터로 다시 들어가 보려 했는데…."

페이는 말끝을 흐렸다. 그러곤 다리를 베고 누운 이래 처음으로 고개를 돌려 내 얼굴을 흘깃 올려다봤다.

"화상 회의용으로 달아뒀던 모니터 웹캠에 전원등이 들어오면서, 혼자 움직였어. 딱 내 얼굴을 향해서. 컴퓨터 본체는 켜지도 않았는데. 얼마나 놀랐는지 몰라. 그리고 가만히 날 바라보는데… 느낌이 오더라고. 아, 농담이 아니구나. 그 사람이 지금 여기 내 코앞까지 와 있구나."

당시의 경험이 생생히 되살아나 페이의 눈동자에 공포인지 흥분인지 모를 감정이 선연히 떠올랐다가 사라졌다. 나는 침대 헤드보드에 도로 머리를 기댄 채 한 번도 보지 못한 전능한 존재가 코앞까지 다가와 날 마주 보는 장면을 상상하려 노력해 봤다. 아는 게 없다 보니 조악한 장면들만 그려졌지만, 그럼에도 살짝 등골이 오싹해졌다.

"그럼 지금도 우릴 보고 있는 거 아냐?"

페이는 몸이 뻐근해져서 어깨를 주물렀다.

"그럴지도 모르지. 근데 괜찮을 거야. 취재한 자료는 다 폐기했으니까."

"나랑 이런 이야기 하는 거 자체를 별로 안 좋아할 수도 있잖아."

페이가 다시 한번 머리로 내 허벅지를 들이받았다.

"됐어. 그것도 싫었으면 진작 죽였겠지."

"죽여? 무슨 수로?"

"무슨 수?"

페이가 어처구니없다는 듯 말했다.

"한 30년 전이면 몰라도, 지금 같은 IoT 세상에서 그 사람은 정말 신이나 다름없다니까? 네트워크에 연결만 되는 물건이면 전부 그 사람의 몸이나 마찬가지야. 뭐든 할 수 있다고. 폭탄을 든 드론을 보낸다든가. 걸어가는 중에 길거리에 주차해 놓은 차로 그냥 처박아 버린다든가. 아니면 어딘가 계좌에서 돈을 끌어와 청부업자를 고용해도 되겠지."

원한다면 피해자가 자신인 사망 시나리오를 100개쯤 더 써낼 수 있다는 듯 페이가 눈동자를 번뜩였다. 나는 페이의 둥그런 귀를 바라보며 머리를 긁적였다.

"그런가. 쉬운 방법들이 있는데 그런 얘기는 왜 돈 걸까."

"그런 얘기? 무슨 얘기?"

"왜, 그 신이 손수 사람들의 정신을 납치해 AE의 서버에 넣어버린다는 둥, 하는 얘기."

페이가 허리를 굽힌 채 소리 내 웃었다. 그 덕에 잠시 머리가 들려서, 나는 저려 오던 허벅지를 빼내고 얼른 페이의 뒤통수에 베개를 괬다.

"말도 안 되는 소리라고 한마디 해주지 그랬어. AE 직원으로서."

"직원도 직원 나름이지 나 같은 게 무슨…."

"그래도 AE에 입주하는 게 그렇게 손가락 딱 튕기듯 되는 게 아니잖아."

페이가 베개를 옆으로 밀어낸 후 다시 내 다리에 머리를 올리며 말을 이었다.

"괜찮아. 안 죽을 거야. 쓸데없는 짓 안 하기로 협상했으니까."

"협상? 위협을 당한 게 아니고?"

"아니, 생각해 봐. 일도 바쁜데 그 짬을 쥐어짜서 몇 달 동안 여기저기 뛰어다녔단 말이야. 잠도 잘 못 자고. 끼니도 거르고. 너랑 만나지도 못하고. 적어도 고생한 만큼은 뭐라도 받아내는 게 있어야 하지 않겠어?"

"배짱도 좋다."

내가 기가 차 헛웃음을 지으니 페이도 따라서 히죽 웃었다.

"모은 자료를 폐기할 테니까 그 대신에… 하나만 알아봐 달라 했어. 그 사람한텐 어려운 일도 아닐 테니까."

"뭘?"

"오빠가 어디 있는지."

나는 웃음을 거뒀다. 그리고 모니터 웹캠을 향해 앉아 오빠의 행방을 묻는 페이의 모습을 상상해 봤다. 그건 조금 전 가상세계 신의 모습과 달리, 내 머리로도 그려낼 수 있는 장면이었다. 어두운 방. 겁먹은 얼굴. 독백을 하는, 꺼질 듯한 목소리.

"그래서 대답은 해줬어?"

"응."

"뭐래? 어디에 있다는데?"

페이가 천천히 몸을 일으키고 앉았다. 앞머리를 귀 뒤로 쓸어 넘기고는 좀 추워졌는지 가슴을 감싸 안았다.

"955-482161."

"그게 뭔데? 지번? 주소? 무슨 좌표 같은 건가?"

"웨이쉬안."

진지한 목소리에, 나는 말을 멈추고 페이를 쳐다봤다.

"AE의 보존 구역. 이번에 1,000섹터까지 확장했다고 들었는데, 맞아?"

나는 천천히 눈을 깜빡였다. 페이가 한 말의 의미를 이해하는 데 그리 오래 걸리지 않았다. 1,000이 넘지 않은 앞번호와 50만이 넘지 않는 뒷번호로 이루어진 시리얼 코드. 익숙한 자릿수였다. 왜 한 번에 알아채지 못했을까.

"오빠분 입주 번호구나."

"응."

"그 신이라는 사람은 그런 것까지 아는 거야?"

"그런가 봐."

"유감이네."

나는 시선을 떨어뜨리며 말했다.

"입주를 하셨다면 이제 만날 방법은 없겠지만, 그렇게라도⋯."

"만날 방법이 정말 없을까? 아예?"

"그야⋯."

시선을 들어 페이를 봤다. 몰라서 묻는 건 아닐 터였다. 그 의미를 눈치채는 데는 조금 전보다 긴 시간이 필요했다. 그리고 이해했을 때, 나는 반사적으로 고개를 저었다.

"난 지하층에서 일하잖아. 보존 구역 쪽에는 접근 권한이 없어. 아니, 내가 아니라 누구도 못 들어가. 자동화 설비가 오가는 레일만 깔린 공간이라 사람이 다닐 길이 없댔어. 게다가 억지로 비집고 들어간대도 한 섹터당 팔레트가 50만 대나 있고⋯. 그래, 입주 번호를 아니까 어떻게든 찾아낸다 쳐도 그 안엔 뇌랑 척수밖엔 남아 있지 않은걸. 계속 살아 있는 채로 서버 속 인격 데이터와 신호를 주고받는다고는 하지만, 우리랑 의사소통할 수 있는 상태가 아니야."

페이는 아무 말도 하지 않았다. 그저 눈꺼풀의 기능을 시험하는 안드로이드처럼 오랫동안 눈만 천천히 깜빡였다. 아무 옷도 걸치지 않은 페이의 모습은 막 껍질을 벗겨낸 삶은 달걀 같았다. 생물과 무생물. 유기물과 무기물의 경계에 있는 그런 존재. 한참 만에 페이의 입이 움직였다.

"게다가 내가 그런 곳에 숨어들어 가는 걸 돕다 걸리면 넌 AE에서 해고당하고, 백신을 맞지 못해 남은 평생을 에피네프에 걸릴까 봐 떨면서 살아야겠지? 다른 평범한 사람들처럼?"

나는 고개를 돌려 여관방의 붉은 벽지를 쳐다봤다. 찌그러진 물방울무늬가 빼곡하게 그려져 있는 오래된 벽지였다. 사실 나도 이런 우중충한 공간 말고 더 괜찮은 장소에서 페이를 만나고 싶었다. 예전 홍콩에서 그랬던 것처럼. 하지만 이젠 그때와 달랐다. 나와 같이 어떤 장소를 간 것만으로, 어떤 사람의 옆을 지나친 것만으로도 페이가 에피네프에 걸려 영영 사라질 수 있다고 생각하면, 이렇게 둘뿐인 공간 안에서 불안을 견딜 수밖에 없었다.

페이를 마주 봤다. 페이는 조금 상처받은 얼굴이었다.

내가 고민하는 기색도 없이 부탁을 거절했기 때문인지, 아니면 거절할 수밖에 없는 부탁으로 내게 부담을 준 것에 가책을 느꼈기 때문인지는 알 수 없었다. 나는 시간을 들여 페이에게 할 말을 골랐다.

"오빠분을 찾는다면… 찾아서 대화를 할 수 있다면 뭘 할 생각이야?"

페이는 나와 달리 그리 오래 말을 고르지 않았다.

"돌이킬 수 있다면 설득하고 싶어."

"설득?"

"죽으면 거기서 끝나는 게 맞는 거라고."

페이의 눈썹 끝이 예민하게 떨렸다.

"생각해 봐. 통 속에 뇌만 덩그러니 담긴 채로 한 기업이 독점하는 가짜 천국 같은 곳에 목숨을 의탁하는 거잖아. 조금 추하지 않아? 그런 내세가 보장되어 있다는 이유만으로 현재의 삶을 반쯤 내던지고 사는 것도 마찬가지고. 가끔 AE가 세상을 더 망치고 있는 게 아닌가 싶어."

목덜미를 긁적였다. 사실 이런 주제가 나온다면 나는 입을 다물 수밖에 없었다. 페이의 눈에 그렇게 안타깝고 추하게 보이는 삶과 일개 기업의 가짜 천국이란 걸 유지하는 데 나도 AE의 직원으로서 어느 정도 일조하고 있기 때문에.

페이가 안겨 와서, 나도 팔을 들어 그녀의 어깨를 감싸 안았다. 땀이 식은 페이의 몸은 조금 비인간적으로 차가웠다. 그 차가운 등을 쓸어내리다 조심스럽게 입을 열었다.

"AE 안은… 진짜 천국 같대. 가난도 배고픔도 없고. 폭력도 불평등도. 일할 필요도 머리 아플 일도 없고. 네 눈엔 추하게 보이겠지만 오빠분은 나름 행복해할지도 몰라."

"그러네. 그 인간은 좋아할 것 같기도 해."

페이가 내 어깨에 기댄 채 중얼거렸다.

*

그 후 페이의 몸에 에피네프가 발병하기 전까지 우린 몇 번인가 더 만났다. 2층짜리 베이비블루색 이송 차량이 페이를 싣고 격리소로 떠난 뒤로 얼굴은 볼 수 없었지만 이메일은 반년간 더 주고받을 수 있었다. 메일 주소의 서버 도메인이 낯설어서 물어보니, 종이에 편지 내용을 적어 제출하면 중간에서 담당자가 타이핑해서 격리소 보안 서버를 통해 일괄 전송하는 방식이기 때문일 거라는 답장이 왔다. 스크롤을 내리자 격리자가 다수의 사람과 연락을 주고받으며 사회에 공포감을 조성하는 걸 방지하기 위해서라는 시설의 설명이 덧붙여 있었다.

페이가 병에 관해선 한마디도 쓰지 않았기 때문에, 우리는 별수 없이 평소 같은 이야기로 메일을 채웠다. 내 부서에서 있었던 일. 페이가 취재지에서 겪었던 일. 먹을 것.

페이는 먹고 싶은 음식에 관해 자주 썼다. 싱가포르 차이나타운의 테타릭. 항구 가게의 양념된 연어 피시앤칩스. 홍콩 노점상에서 먹었던 막 튀긴 쥐유짜와 이가 시릴 정도로 차가웠던 블루걸 맥주. 늦은 새벽에 간 맥도날드의 베이컨치즈버거와 딸기쇼트케이크 맥플러리. 나는 에피네프가 걸리면 식욕이 떨어진다고 하는데 꼭 그렇지만도 않은 모양이라고 생각하며 잠에 들고, 페이가 세계 1호 에피네프 완치자가 되어 돌아오는 꿈을 꾸고, 그러다 퍼뜩 깨어나 차갑게 가라앉은 기분으로 괜스레 텅 빈 메일함의 새로고침 버튼을 수십 번씩 누르며 여섯 달을 보냈다.

그걸로 끝이었다. 메일이 끊긴 후 격리소에 몇 번인가 전화를 해봤지만, 가족 외에는 격리자의 정보와 병태를 알릴 수 없다는 대답만 돌아올 뿐이었다. 한 달이 지나 나는 페이의 연락을 기다리는 걸 그만뒀다. 언젠가 페이가 써보낸 말 때문이었다.

'난 AE에 들어가지 않을 거야. 약속할게. 대신 너도 계속 열심히 살겠다고 약속해. 네 자리를 지키면서. 아무것도 내던지지 않고.'

나는 그러겠다고 약속했다. 늘 지나간 이야기만 하던 페이가 유일하게 앞날에 대해 쓴 말이었기 때문이었다. 나는 메일들을 코팅지에 프린트해 서랍에 넣어두고 틈틈이 꺼내 읽었다.

2장

그날은 새벽에 잠이 깼다. 화장실에 다녀와 시간을 확인하기 위해 휴대폰 화면을 켰다. 5시 반. 아직 두어 시간은 더 잘 수 있겠다고 생각하며 누웠다가 몸을 벌떡 일으켰다. 휴대폰을 켰다. 잘못 본 게 아니었다. 알람 표시줄에 새로운 메일 아이콘이 떠 있었다. 휴대폰 알람과 연동해 둔 메일 계정은 페이와 연락을 주고받으려 새로 만든 것이었다. 스팸에 방해받지 않고 페이의 연락만 기다릴 수 있도록 누구에게도 주소를 알려준 적 없었다. 급한 손길로 메일 창을 눌러 켰다.

새로 도착한 메일은 격리소에서 온 것이 아니었다. 힘이 빠지는 걸 느끼며 메일을 열어봤다. 제목도 발신자 칸도 모두 텅 비어 있었다. 본문에도 아무 내용이 없었다. 대신 동영상이 하나 첨부되어 있었다. 꺼림칙한 기분이 들었지만 혹시라도 페이와 관련된 내용일 수도 있겠다 생각하면 그냥 삭제할 수는 없었다. 나는 결국 영상을 재생했다.

영상의 길이는 고작 2초였다. 2초 동안 수면처럼 일렁이는 진홍색 화면이 비치다가 끝. 아무리 반복해 봐도 그게 전부였다. 혹시 무슨 음성 같은 게 담겨 있을까. 무선 이어폰을 귀에 꽂고 다시 한번 영상을 틀어봤다. 정체를 알 수 없는 고음이 재생 시간 동안 이어졌다. 부자연스러울 정도로 높은 피치. 녹음한 소리를 고속으로 재생했을 때, 주파수가 압축되어 발생하는 인위적인 고음과 느낌이 비슷했다. 영상 자체에 배속이 걸려 있을지도 모르겠다는 생각이 들었다. 나는 영상 파일을 노트북으로 옮긴 다음 편집 프로그램으로 재생 시간을 10배 늘려봤다. 여전히 화면도 소리도 명확하지 않았다. 나는 잠시 손톱을 물어뜯다 이번에는 50배로 늘렸다. 길이가 1분 40초로 바뀐 영상을 인코딩해 저장하고 재생 버튼을 눌렀다.

몇 초 지나지 않아, 나는 거의 반사적으로 영상을 정지했다. 조금 남아 있던 잠기운마저 달아난 듯한 기분으로 진홍색 화면을 응시했다. 높은 피치로 압축되어 있던 그 소리는 사람들이 내는 음성이었다. 열 명이나 스무 명 정도가 아니었다. 수천수만 명. 거대한 돔 경기장을 가득 채

운 함성과 비슷했다. 비명 소리. 낮게 신음하는 소리. 흐느끼는 소리. 목청이 터질 듯 고함 지르는 소리. 누구라도 신경이 곤두설 만한 음성이었다.

몇 년 전에 유행하던 사이버테러가 떠올랐다. 예상치 못한 상황에서 선정적이거나 잔인한 사진 등을 보여주는 게 고작이긴 하지만, 단순한 만큼 누구나 할 수 있는 일이기도 했다. 시간을 봤다. 6시가 넘어가고 있었다. 이런 쓸데없는 것에 잘 시간을 낭비하다니. 메일 주소야 서버에서 정보가 유출돼 어딘가로 흘러들어 간 것이려니 생각하기로 했다. 그렇게 창을 닫으려는 순간, 나는 문득 멈췄다. 그저 붉은 배경색이라고 생각했던 화면에 기포와 같이 부유하고 있는 입자가 보였다. 낮은 화질 때문에 픽셀이 깨져 보이는 것이리라고 대수롭지 않게 생각했지만, 다시 보니 그렇다기에는 너무 크고 뚜렷했다. 의미심장한 기분이 들어 영상을 조금 더 재생해 봤다. 얼마 지나지 않아 나는 영상이 어느 공간을 비추고 있었다는 걸 깨달았다. 수백 개의 입자가 움직이는 형태에서 일정한 공간감이 느껴졌다. 조금 더 집중하자 진홍빛 사이에서도 미세한 차이가 있어서 공간의 윤곽도 보이는 듯했다. 카메라를 들고 있는 사람은 어느 울퉁불퉁한 지대 위에 서 있었다. 그는 한자리에 가만히 선 채로 각도를 돌리며 연신 주변을 찍고 있었다. 무언가를 찾기 위해서가 아니라 겁에 질려 주위를 두리번거리는 듯한 움직임이었다. 그러다 어느 순간 딱 멈췄다. 아마도 나와 같은 의문 때문이지 않을까 싶었다. 주위에 아무것도 없다면 이 수많은 사람들의 절규는 어디서 들려오는 것일까. 카메라가 천천히 아래로 향해 땅을 내려다봤다. 그리고 화들짝 놀란 듯 뒤흔들렸다. 놀란 건 화면에 바짝 얼굴을 들이밀고 있던 나도 마찬가지였다. 심장이 빠르게 뛰었다. 무언가 움직이고 있었다. 뒤섞이고 엉겨 붙은 무언가가 마치 살아 몸부림치듯 꿈틀대고 있었다. 나는 깜짝 놀라 다시 한번 몸을 움찔 떨었다. 지금껏 들려오던 소리와 달리 가까운 곳에서 선명하게 터져 나온 비명 때문이었다. 나도 모르게 양쪽 귓가를 감쌌던 손을 천천히 내렸다. 영상은 끝나 있었다. 나는 오랫동안 움직일 수 없었다. 단지 놀랐거나 그 영상에 담긴 소름 끼치는 장면 때문만은 아니었다. 영상을 찍던 사람의 날카로운 마지막 비명 소리가 내가 아는 목소리를 닮은 것 같아서였다. 다시 한번 듣기 위해 재빨리 재생 바에 마우스 커서를 가져갔다. 하지만 끝내 클릭할 수 없었다. 이건 말도 안 됐다. 페이는 지금 격리소에 있지 않은가. 이전에 찍은 영상인가. 그럴 리가 없을 텐데.

탭을 닫고 저장한 영상을 삭제했다. 이번엔 망설이지 않고 메일까지 지워버렸다. 노트북을 끄고 침대에 누웠지만 천장이 밝아올 때까지 잠은 오지 않았다. 하는 수 없이 침대에서 일어나 저녁에 내린 커피를 데워 들고 창가로 갔다. 거리에서는 가로수가 이파리를 매섭게 털어내고 있었다. 은행. 단풍. 플라타너스. 모든 게 어제 본 그대로였다.

*

컵을 정리한 뒤 오랫동안 목욕을 하고 나왔다. 머리를 빗고 작업복으로 갈아입으며 양말까지 신으니 스피커에서 익숙한 멜로디와 함께 방송이 나왔다.

직원 여러분, 편안한 밤 보내셨습니까. 금일은 4월과 10월 입사자의 예방접종일입니다. 해당자는 오전 8시부터 11시 사이에 접종을 완료하고 온라인 출근부에 등록하여 주십시오. 자세한 내용은 출근부의 서버 공지에서 확인할 수 있습니다. 더나은 실적으로… 4억 9572만 5423명의 고객님들이 제2의 삶을….

4억 9,000만. 워커의 끈을 조이며 생각했다. 곧 5억 명이 넘겠구나. 5억. 거기 붙은 0의 개수도 한눈에 세기 어려워 세 자리마다 쉼표를 붙여야 겨우 자릿수를 읽어내는 게 사람인데. 심지어 그 숫자 하나하나가 사람이라니. 숨을 내뱉으며 잠시 무릎 사이에 고개를 묻었다. 일하러 가야지. 심호흡을 하고 몸을 일으켰다.

　방을 나와 복도 모퉁이를 돌자 승강기 앞에 몰려드는 직원들의 모습이 보였다. 접종일이라 이른 시간임에도 평소보다 인파가 많았다. 나는 잠시 서서 그 광경을 지켜봤다. 가끔 드는 생각이지만, 한눈에 보면 회사 공간이라기보다는 커다란 역이나 공항의 대합실 같았다. 전 세계에서 모여든 다양한 인종이 언어권별로 무리 이뤄 다니는 모습. 통일되지 않은 다양한 복장 때문에 더욱 그렇게 보였다.

　하지만 그 복장들도 모두 엄연히 AE의 유니폼이었다. 예컨대 나와 동일한 작업복은 간단한 물품 관리부터 화학 폐기물 하수처리까지 육체 업무가 주가 되는 부서에서 일하는 직원들이 입었다. 서버 관리 기술자도 같은 작업복을 입지만 그 수는 많지 않았다. 사내 자동화 설비를 가동하고 자가 유지 보수하는 일까지도 EST라는 메인 시스템이 담당하기에 인간 기술자가 할 일이 거의 없기 때문이었다. 마케팅과 홍보, 입주 지원 등 대외 업무는 정장을 입은 직원들이, 연구와 개발은 흰 가운을 입은 직원들이 수행했다. 각 건물마다 있는 시설팀과 구내식당 직원들도 업무에 맞는 유니폼을 입었다.

　8번 승강기에 바짝 끼어 탄 채 지하로 내려가자 얼마 지나지 않아 셔틀이 들어왔다. 셔틀에 올라 벽에 등을 붙이고 섰다. 잠시 그러고 있자니 끝없이 밀려들어 오는 직원들 사이에서 익숙한 모습이 보였다. 뒤로 묶은 부스스한 곱슬머리에 흰 가운. 뒷사람을 난처하게 만드는 커다란 배낭. 나는 까치발을 든 채 고개를 빼고 살폈다. 거리상으로는 서너 걸음밖에 되지 않았지만, 하라바야시 가스미는 나를 발견하지 못한 듯 꼿꼿한 자세로 팔짱을 끼고 서 있었다. 이름을 불러서 인사를 주고받을까 하다 그만두었다. 사이에 열일곱 명 정도는 벽으로 둔 채 대화를 하는 것도 좀 유난스러운 것 같았다. 셔틀이 출발했다. 금세 속력을 느낄 수 없는 반자성 상태에 들어갔다.

본관에서 내려 5층 접종실로 가기 위해 승강기를 타자, 하라바야시 가스미가 슬그머니 다가와 내 어깨를 두드렸다.

"웨이쉬안 씨, 어디 가세요? 반송체 관리부서는 지하 6층이잖아요. 혹시 지상으로 이전했나요?"

"아뇨, 저만 올라가는 거예요. 부서는 땅속에 그대로 있고요. 동료들이랑 같이."

"왜 웨이쉬안 씨만? 승진이라도 했어요?"

"접종하려고요. 4월 입사자거든요."

"농담이에요. 알죠. 동기인데."

우리는 승강기에서 내려 복도를 지나 접종실 앞에서 줄을 섰다. 하라바야시 가스미는 가운 주머니에 양손을 푹 찔러 넣은 채 옆으로 몸을 내밀어 줄의 끝을 바라봤다. 입구에서는 두툼한 마스크를 쓴 의료진 몇이 직원들의 간이

문진과 등록을 돕고 있었다.

"이걸로 우리도 벌써 여섯 번째네요."

하라바야시 가스미가 하품을 하며 말한 후 나를 쳐다봤다.

"웨이쉬안 씨는 저 많은 백신이 다 어디서 오는지 궁금하지 않으세요? 그렇지 않아도 외부에서는 물량이 부족해서 접종을 받으려면 10년은 기다려야 한다는데."

나는 잠시 고민하다가 고개를 저었다.

"궁금하지 않은 건 아니지만, 효과가 있는 건 확실하니까요. AE에서 투명하게 알려줄 생각도 없는 것 같고…."

"백신을 제공받는 것만 해도 감사한 일이니까요?"

"그렇죠. 저한텐 생활을 보장받는 게 제일 중요하니까요."

"생활… 생명을 보장받는 것 말이죠?"

그렇게 직접적으로 듣자 겸연쩍어졌지만… 정확한 말이었다. 삶을 보장받는 것. 생명을 보장받는 것. 모두 언제 죽을지 모르는 세상에서.

"전부 포함해서요. 여기서 아무것도 변하지 않는 게 최선인 것 같거든요."

"그렇죠. 요즘 시대에는 이 정도만 해도 성공한 삶이니까요. 밖에선 이런 말도 삼가야겠지요."

하라바야시 가스미가 이해한다는 듯 시선을 내리깔았다

가 어깨를 으쓱했다.

"그렇긴 해도 이렇게 퍼주면 AE에 남는 돈이 있을지 개인적으로 궁금하긴 해요. 입주자도 대부분은 격리소에서 오는 고객이라 입주비를 받지 않는데. 접종일마다 나가는 백신값까지 감당이 될까요?"

"그러게요."

나는 목을 긁적였다.

"그래도 직원 수를 유지하려면 어쩔 수 없겠죠. 백신 항체가 없으면 전 세계 발병자들이 모여드는 이런 위험한 회사에서 일하기 힘드니까요."

우리 이름이 호명되었다. 그럼, 하고 말하며 내가 눈인사를 하자 하라바야시 가스미도 가운을 벗으며 손을 흔들었다. 나는 또 보자며 고개를 끄덕이고 안내받은 방으로 들어갔다.

*

입주 고객의 뇌와 척수를 들어내고 남은 신체인 '반송체'를 폐기하는 일. 그게 내가 속한 반송체 처리 부서에서 담당하는 업무였다.

전반적인 업무는 작업을 진행하는 공간에 맞춰 네 단계로 이루어졌다. 우선 화물 승강기 앞에서 기다리면 반송체를 담은 냉각 캡슐이 50개씩 내려왔다. 그러면 냉각 캡슐을 하나씩 열어 손목에 단 태그의 아홉 자리 시리얼 코드와 EST의 데이터를 대조해 반송체의 신원 정보에 오류가 없는지 확인하는 게 첫 단계였다. 그다음으로는 엑스레이실로 옮겨 반송체의 컨디션을 체크했다. 만약 의치나 철심 등 샌디사이저가 분해할 수 없는 물질이 있다면 수술실로 옮겨 제거하는 게 이 단계의 주요 작업이었다. 세 번째 단계는 세척. 다른 동료들은 대개 자동 세척실을 이용했지만, 나는 직접 손으로 하는 게 편했다. 홍콩의 염습소에서 많이 해본 일이기도 하고, 기계로 세척하고 건조시키는 과정까지 합치면 이러나저러나 드는 시간은 크게 차이 나지 않았다. 세척 후에는 반송체들을 마지막 장소인 샌디사이저실로 이송했다. 사용 가능한 샌디사이저 안에 반송체를 넣은 후, 기기 번호와 시리얼 코드, 처리 시각을 묶어서 등록하고 가동하면 한 세트가 끝났다. 신체의 부피와 질량, 근육과 지방 등의 구성비에 따라 조금씩 차이는 있지만, 반송체는 대개 80분이면 가로 2미터, 세로 3미터 크기의 샌디사이저 기기 안에서 흔적 없이 사라졌다. 지난 3년간 하루에 일고여덟 세트씩 반복한 일이었다.

여섯 번째 그룹의 캡슐들이 내려온 건 오후 3시 무렵이었다. 동료의 콜을 받고 나가 그룹을 인수하고 작업실로 옮긴 뒤, 태블릿을 들고 차례대로 시리얼 코드를 확인했다. 태블릿에 표시된 시리얼 코드를 습관적으로 중얼거리며 열다섯 번째 캡슐의 개폐 버튼을 눌렀다. 볼트가 회전해 뚜껑이 열렸고 그 틈새로 냉각 가스의 쌉싸름한 냄새가 공기 중에 퍼져 나왔다. 태그와 데이터상의 시리얼 코드가 일치하는 걸 확인하고 다시 태블릿으로 시선을 돌리려다가… 나는 주춤했다.

캡슐의 가장자리를 짚고 앞으로 나는 몸을 기울였다. 냉각 가스의 차가운 온도감이 얼굴에 달라붙었다. 나는 그 캡슐 안에 있는 무표정한 얼굴과 막 껍질을 깐 삶은 달걀 같은 몸을 바라보며 두 손으로 이마를 감쌌다. 한 걸음 물러났다가 다시 앞으로 가 페이의 얼굴을 들여다봤다. 나는 떨리는 손으로 태블릿을 든 채 조회 정보에 이상이 없다는 버튼을 눌렀다. 평소처럼 열심히. 내 자리를 지키면서. 하지만 페이가 여기 AE에 들어온 거라면, 내 약속은 어떻게 되는 걸까. 그런 건 생각해 본 적이 없었다.

3장

그해 첫 한파가 찾아온 일요일, 나는 하라바야시 가스미와 영화를 보러 갔다. 약속한 시간에 지하철 2번 차량에 올라탄 그녀는 무척 따뜻한 차림이었다. 빵빵한 무스탕 재킷과 긴 치마, 흰 털 귀마개와 목도리. 그녀는 나를 발견하고서 옆자리에 털썩 앉았다. 따뜻해 보인다고 내가 말하자, 그녀는 열차 칸 안에 탄 다른 승객들의 단출한 옷차림을 돌아보더니 내 옷차림도 마음에 든다고 했다. 실은 나도 그녀 못지않게 껴입고 있었다. 그렇게 나란히 앉아 있으니 왠지 이 지하철 안에서 우리 둘만 종점을 지나 더 먼 곳을 향하는 사람들처럼 보일 것 같았다.

지하철에서 내려 영화관에 들어서자 하라바야시 가스미

가 내 팔을 툭툭 건드리더니 잊고 있었다며 영화표를 건넸다. 잉크로 찍혀 있는 실물 영화표였다. 내가 표를 이리저리 살펴보며 재미있어하자, 하라바야시 가스미는 이번엔 핸드백에서 영화 포스터를 꺼내 내게 건넸다.

"영화 보면서 울고 그러는 타입은 아니죠? 그러면 곤란해요."

"슬픈 영화예요?"

보면 알지 않냐는 듯 하라바야시 가스미가 어깨를 으쓱했다. 포스터엔 진흙탕에라도 굴렀는지 엉망이 된 셔츠를 입고 있는 슬라브계 백인 남자가 엄폐물에 기대어 소총 탄창을 교체하고 있었다. 맨 위에 적힌 문구를 봤다. '다신 없을 블록버스터 코미디.' 나도 그녀를 흉내 내 어깨를 으쓱했다.

"걱정하지 마세요. 1년에 일곱 번 정도밖에 안 울거든요."

"연말이니까 할당량은 다 채웠죠?"

"여름 시작하기 전에 다 채우고, 내년 몫까지 당겨서 썼죠."

"이월도 되나 보네요. 올해가 좀 사건이 많은 해였나요?"

내가 머뭇거리며 아무 말도 하지 않자, 하라바야시 가스미가 포스터 속 소총을 손끝으로 톡톡 두드렸다.

"혹시나 해서 묻는데, 배우들이 진짜로 총에 맞는 게 아니란 건 알죠?"

나는 어처구니가 없는 기분으로 웃으며 그녀를 쳐다봤다.

"알아요. 대역이 대신 맞고 피를 흘려주는 거잖아요?"

하라바야시 가스미가 주위의 눈치를 보듯 두리번거렸다.

"너무 크게 말했어요. 업계 비밀이라는데."

상영관에 들어간 우리는 정말 영화만 봤다. 팝콘도 콜라도 먹지 않았기에 우연히 손끝을 스칠 일도 없었고, 하라바야시 가스미가 평소처럼 웃지 않았기에 서로 얼굴을 마주 보며 낄낄거릴 기회도 없었다. 우리는 몸이 달아올라 설레는 10대 아이들이 아니었다. 지극히 자연스러운 일이었다. 우린 그런 사이가 아니니까.

영화가 끝나고도 예약한 저녁 식사까지는 두 시간 남아있었다. 우리는 사각 전구처럼 매장의 네 벽면이 거대한 통유리로 된 커피숍으로 들어갔다. 구석에 자리를 잡고 앉자 하라바야시 가스미는 한동안 조용히 거리를 바라보다 불쑥 말했다.

"대단하지 않아요?"

"뭐가요?"

"사람들이요. 백신도 맞지 않았는데 그냥 돌아다니잖아요. 영화관에서도 그렇고. 길거리에서도."

그녀를 따라 거리로 눈을 돌렸다. 골목에 서서 담배를 피우고 있는 앳된 얼굴의 남녀 다섯이 보였다. 머리는 헝클어졌고 옷도 꼬질꼬질했다.

"엔트로피 세대라고 한대요."

"엔트로피? 그게 무슨 뜻인데요?"

"무질서나 예측 불가라는 의미로 사용된 듯한데 삶 자체에 아무런 기대도 하지 않는 세대라고 해요. 미용이나 위생, 건강처럼 자신을 돌보는 걸 거부하고, 뭘 참지도 담아두지도 않고요. 개개인의 차이는 인정하지만 특별한 재능이나 능력도 인정하지 않는대요. 모든 게 그때그때 달라질 뿐이라고 생각하는….."

나는 턱을 긁적였다.

"낙관적인 건지 비관적인 건지 잘 모르겠네요."

"그렇죠."

하라바야시 가스미가 동의했다.

"에피네프를 두려워하지 않는 듯하지만 한편으론 또 그걸 이겨내거나 극복할 수 있다고 기대하지도 않고요. 뭐, 둘이 비슷한 걸지도 모르겠네요. 저쪽에선 인류가 모두 에피네프 보균자라고 생각한대요. 언제일지 모를 뿐이지 어느 시점에선 반드시 발병하게 돼 있다고. 단지 그때가 오기 이전에 죽느냐 이후에 죽느냐의 차이일 뿐이라고요. 자연사의 범위가 조금 확장됐다고 보는 거죠. 두려워하거나 불안해할 필요가 없다는 거예요. 필요보단 의미가 없다고 해야 할까요."

고개를 끄덕였다. 어느 정도 그 기분을 이해할 수 있었다. 무언가를 검증하고 증명하기엔 모든 게 너무 빠르게 변하고 있었다. 꾸준히 갱신되는 통계와 지표조차 그 변화를 설명하기엔 역부족이었다. 지엽적이고 산발적으로 일어나는 사건들. 인구의 격감. 수차례의 인플레이션. 표본의 신빙성을 떨어뜨리는 우연적 요소들. 그리고 우리는 여전히 아무것도 몰랐다. 하라바야시 가스미가 커피잔을 두 손으로 감싸며 말했다.

"이전 세대 사람들의 미덕이었던 노력이나 열정, 치열함… 그런 건 결국에는 편안하고 행복하게 그리고 오래도록 살기 위한 행위였잖아요. 그런데 이제는 어떤 면에선 다 쓸모없는 짓이 됐으니까요. 무리도 아니죠."

나는 허리를 펴고 숨을 천천히 내쉬었다. 어쩌면 내가 거기서 예외라는 건 좀 부끄러운 일이 아닐까 싶었다. 나는 AE에, 백신에 보호받고 있으니까. 살아갈 공간과 하는 일은 제약이 있지만, 삶 자체는 보장받고 있으니까. 가장 걱정하던 사람까지 사라져 버린 지금, 나의 세상에는 어떤 불안도 들어서지 않으니까.

"누구는 지금 세상이 완전 끝장났다고 말하고, 누구는 세상은 원래 그런 식이었다고, 대중들이 이제야 깨달은 거라 말하고…. 근데 어느 쪽이든 저런 아이들한텐 얼마나 잔인한 세상일지 모르겠어요. 그거 알아요? 이제 열세 살 되는 아이들도 흡연이나 음주는 이제 너무 당연한 게 되었대요. 육체관계도 그렇고요. 뭐든지 맘껏 해보고 싶다면 할 수 있는 분위기에 더해서 기성세대들까지도 그걸 용인해 준 시점이 온 거죠. 성인이 될 때까지 뭔가 참는다는 건 다 옛날 일이 된 거예요."

"그렇군요."

슬쩍 고개를 들고 하라바야시 가스미를 봤다. 여전히 웃음기는 없지만 부드러운 얼굴이었다.

"뭔가 좀 부끄럽네요. 하라바야시 씨가 저보다 훨씬 바쁜 사람일 텐데… 저는 그런 것까진 알려고 한 적이 없어요."

"제 이름 부르기 어렵죠? 그냥 가스미라 해도 돼요. 동네 애들도 부르기 힘들어했으니까."

나는 그녀가 자랐을 동네를 상상해 봤다. 그녀는 왠지 좀 시골 출신이었을 것 같다는 느낌이 들었다. 그래 보이는 게 아니라, 그런 의외의 구석이 있을 듯한. 내가 그렇게 말하자 하라바야시 가스미는 좀 놀란 듯 눈을 크게 떴다.

"맞아요. 저, 열아홉 살까지 수학여행 때 말곤 동네 밖에 나가본 적이 없거든요."

"그 동네라는 게 어딘데요?"

"도쿄요."

하라바야시 가스미는 자신의 농담이 잘 먹혔는지 알아보려는 듯 위아래로 동공을 움직이며 입술을 들썩거렸다.

"웨이쉬안 씨는 싱가포르 사람이라 했죠. 어디 출신인

가요?"

"우리나라는 작아서요. 어디 출신이라기는 좀….""

"아, 그게 아니라, 집안이 홍콩계인가요?"

"맞아요. 혹시 전에 말했었나요?"

하라바야시 가스미가 어깨를 으쓱했다.

"아뇨. 그냥 찍어봤어요."

그렇게 말하고 그녀는 입의 양 끝을 살짝 당겨 올렸다. 지금까지 봐온 얼굴 중 가장 미소에 가까운 표정이었다.

"여기 오기 전엔 장의사였다고 했죠?"

"아뇨. 수습… 그냥 조수 같은 거였어요. 몇 년 동안 염습소에만 있었죠."

"그럼 시신은 정말 수도 없이 봤겠네요."

"시신은 뭐, 지금도 많이 보고….""

대화 흐름에 따라 별다른 생각 없이 내뱉은 말이었지만 순간 퍼뜩 정신이 들어 급히 고개를 저었다.

"죄송해요. 염습소에 들어오던 일반 시신과 반송체는 완전히 다른 거니까 이렇게 말해선 안 되겠죠."

실언이었다. 반송체를 두고 시체나 시신이라 표현하는 건 AE 내에서 금지하는 일이었다. 둘을 동일시하는 건 말하자면 죽음과 입주를 동일하다고 취급하는 것이나 다름없기 때문에. 게다가 그녀 같은 연구원의 입장에선 자신들이 개발한 기술을 윤리적으로 의심하는 말로도 들릴 수 있었다.

"그러고 보니 그런 지침이 있었죠."

생각보다 가벼운 목소리에 시선을 들고 하라바야시 가스미의 안색을 살폈다. 그녀는 전혀 개의치 않는 얼굴이었다.

"근데 실제로는 어떤가요?"

"네?"

"개인적으로는 따로 명칭을 정해 언어까지 제약하는 건 좀 유난스럽지 않나 싶었거든요. 의도야 알겠지만 본질적으로는 정신이 소멸되었든 다른 곳으로 옮겨 갔든 몸에서 생명 활동이 끝난 건 사실이니까, 죽었다고 해도 그리 틀린 말은 아닌 것 같아서요. 오히려 반송체라고 부르며 무슨 손톱이나 머리카락처럼… 필요하지 않은 허물을 벗어 낸 것처럼 취급하는 게 더 도의에 어긋난 행동 같기도 하고요."

하라바야시 가스미가 차분하게 말했다.

"저야 현장에 있는 입장이 아니니 뭐라 말하기 어렵지만 실제로 양쪽을 모두 경험해 보신 분은 어떻게 느낄지 궁금했어요."

뭔가 할 말이 있을 거라 생각해 입을 열었다. 하지만 몇 초가 지나도 그녀의 의견에 어울릴 만한 명쾌한 대답은 떠오르지 않았다.

"사실 저도 잘 모르겠어요."

나는 머그컵 손잡이를 만지며 식어가는 커피의 표면을 바라봤다.

"하지만 그런 생각은 해요. 저승이든 AE든 그쪽 세상이 만족스러웠으면 좋겠다고요. 한번 떠나면… 제가 있는 곳으로, 이 세상으로 다시 돌아올 수 없는 거니까요."

나는 유리 너머로 시선을 두며 길거리를 내려다봤다. 여름. 가을. 겨울. 계절이 세 번 바뀌고 처음 하는 외출이지만 무엇 하나 전과 달라지지 않은 것 같았다. 어쩌면 세상의 많은 요소 중 가장 마지막에 변하는 건 겉모습 아닐까 하는 생각이 들었다. 여전히 차는 도로를 달리고, 목줄을 한 개는 산책이 달가운지 꼬리를 흔들고, 사람들은 길가에 서서 전화를 하기도 하고, 팔짱을 끼며 걷기도 하고, 서로의 입에 길거리 음식을 떠 넣어주기도 했다. 골목으로 시선을 옮겼다. 담배를 피우던 아이들도 어느새 어디론가 사라지고 없었다.

"저, 웨이쉬안 씨."

지금까지와 다른 미묘하고 조심스러운 어투에, 나는 감상에서 벗어나 그녀를 바라봤다.

"얼마 전에 아는 분의 반송체를 내려 받았다는 얘기 들었어요."

"리엔 선배한테 들었나요?"

"네. 맞긴 하지만 오해는 하지 마세요. 언니가 평소답지 않게 취해서는 이불 속에 들어가서 울길래. 제가 캐물은 거예요."

그런 일이 있었나. 리엔 선배가 내 일로 울기까지 하다니. 하라바야시 가스미는 눈썹 사이를 만지작거리며 조심스럽게 말했다.

"친구였나요?"

"네, 뭐, 친구….."

"애인?"

나는 대답하지 않았다. 하라바야시 가스미의 입 끝이 내려갔다.

"웨이쉬안 씨는 AE를 어떻게 생각해요?"

하라바야시 가스미의 얼굴을 똑바로 바라봤다. 그녀도 피하지 않고 내 시선을 마주했다.

"그게 무슨 뜻이에요?"

"저는 AE가 숨기는 게 있다고 생각해요."

하라바야시 가스미가 냉정한 목소리로 말했다.

"일반 고객들에게는 물론이고 저희 직원들을 상대로도요. 저는 그걸 알아내려고 해요. 그래서 만약 웨이쉬안 씨가 저처럼 AE에 회의감을 느끼고 있다면 저랑 같이….."

"그만해 주세요."

다소 날카로운 내 목소리에 하라바야시 가스미가 말을 삼켰다. 미지근해진 커피를 한 모금 마시고 컵을 내려놓았다. 손끝의 감각이 둔했다. 그래서, 그러려고 한 건 아니었지만, 컵을 신경질적으로 쿵 내려놓은 모양새가 되었다. 하라바야시 가스미가 어깨를 흠칫 떨었다.

"혹시 오늘 그 얘기를 하려고 부른 거였나요?"

내 말에 그녀가 입술을 들썩였다. 하지만 잠시 기다려도 그 입술 사이에서는 아무런 말도 새어 나오지 않았다. 그 침묵에 스스로 덜컥 겁이 날 만큼 마음이 차가워졌다.

"그러고 보니 초기 AE 직원 중엔 AE를 무너뜨리거나 기술을 빼내려고 들어온 사람이 많았죠. 당신도 그런 사람이었나요? 선배한테 제게 있었던 일을 들으니까 왠지 끌어들일 수 있을 것만 같았고요?"

나는 잠시 말을 멈추고 기다렸다. 그녀가 이제라도 뭐라 변명해 주길 바라서였는지도 몰랐다. 하지만 하라바야시 가스미는 끝내 아무 말도 하지 않았다. 그저 시선을 떨군 채 아랫입술을 꾹 깨물고 있을 뿐이었다. 나는 멍하니 앉아 있다가 자리에서 일어났다. 카운터에서 계산을 마치고 돌아보니, 하라바야시 가스미는 어깨를 축 늘어뜨린 채 창밖을 내다보고 있었다.

*

아홉 번째 그룹의 폐기 완료 등록을 마치자 퇴근 시간까지 15분 남아 있었다. 휴게실의 흡연 부스에 들어가 담배에 불을 붙이니 누군가 유리문을 두드렸다.

문 너머에 리엔 선배가 서 있었다. 나는 어색하게 시선을 돌렸다. 오늘 하루 슬슬 피해 다녔던 게 덜미 잡힌 듯해서였다.

"아홉 그룹은 뭐야? 신기록이라도 세우려고?"

리엔 선배가 자동문을 열고 들어오며 쾌활하게 말했다. 나는 괜스레 담배 연기를 느리게 빨아들이며 우물거렸다.

"기록 같은 건 세워서 뭐 하게요."

"그러면 뭐야. 여자한테 차이고, 역시 난 일밖에 없지, 하는 상황이야?"

나는 할 말이 없어 입맛만 다셨다. 그보다 여자에게 차였다니. 선배는 하라바야시 가스미한테 그런 식으로 들은 건가.

"좋은 곳에서 저녁 먹었다던데?"

환풍기가 부우웅 소리를 내며 흡연실 안에 고여 있던 담배 연기를 빨아들였다.

"굴이 맛있었다며. 어디야? 나도 한번 데려가 줘."

나는 눈을 끔벅이며 선배를 올려다봤다.

"정말로 갔대요? 혼자?"

"어? 정말 가스미 혼자 간 거였어? 웨이쉬안은 뭘 먹었냐고 물어보니까 뭐라 말을 못 하길래 그 이상 안 물어봤는데.”

나는 이마를 만지던 손으로 얼굴을 덮었다. 그러곤 괜스레 심술이 나 리엔 선배를 째려봤다.

“서로 아는 거 모르는 거 다 캐묻는 사이 아니었나요?”

“어라. 그건 무슨 소리지?”

리엔 선배는 턱을 긁적거리더니 뒤늦게 찔리는 구석이 떠올랐는지 민망한 표정을 지었다.

“아… 미안. 혹시 그것 때문에 싸운 거야?”

내가 아무 말도 하지 않자 선배가 당황한 듯 얼굴을 들이밀었다.

“설마 맞아?”

“아니에요, 직접적으로는.”

“간접적으로는 맞구나?”

나는 입을 다물고 가만히 리엔 선배를 쳐다보다가 불쑥 물었다.

“선배도 그쪽 사람인가요?”

리엔 선배가 고개를 비스듬히 기울였다.

“그쪽이라니? 어느 쪽?”

내가 가만 바라보니 선배도 말없이 눈만 끔벅이며 나를 마주 봤다. 한껏 무해해 보이는 그 눈에 마음이 찔려 엉거주춤 시선을 돌리자, 선배가 씩 웃으며 내 어깨를 툭 쳤다.

“무슨 일이 있었는진 모르겠지만 가스미는 그렇게 복잡

한 애 아니야. 걔는 너를 꽤 마음에 들어 해. 어디까지인지
는 몰라도 음… 동료? 어, 친구로서는 분명히."

"서로 잘 알지도 못하는데도요?"

선배는 고개를 돌려 흡연실 벽을 바라봤다.

"그건 뭐, 다 상대적인 거니까."

나는 기숙사 침대에 누워 헤어지기 전 선배가 주머니에
찔러 넣은 메모지를 한참 동안 들여다봤다. 메모지에는 하
라바야시 가스미의 기숙사 호실 번호가 적혀 있었다. 하룻
밤이 지나니 당연히 마음은 풀려 있었다. 하지만 근본적인
감정까지 차분해졌는지, 만약 똑같은 대화를 반복한다 해
도 또다시 날카로워지지 않을 수 있을지는 아직 확신이 들
지 않았다. 눈을 감고 그날 예약한 식당에서 혼자 저녁을
먹었을 하라바야시 가스미의 모습을 상상해 봤다. 손으로
목을 감싸며 몸을 뒤척이는데, 메모가 침대와 벽 사이로
떨어졌다. 화들짝 놀라 몸을 일으켰다. 틈새로 손가락을
넣어봤지만 틈이 비좁았다. 바닥에 엎드려 침대 밑을 들여
다봤다. 아무것도 보이지 않았다. 자리에서 일어나 방 안
을 한 바퀴 돌았다. 훑을 만한 기다란 물건은 하나도 눈에
띄지 않았다. 하는 수 없이 리엔 선배에게 전화를 걸었다.
선배는 혀를 쯧쯧 찼다.

"어차피 이쪽 동엔 와본 적 없지?"

"여성 동이잖아요."

"내킬 때 말하면 내가 데려다줄게."

나는 알겠다고 대답하며 전화를 끊으려다가 선배를 불러 세우듯 휴대폰을 바짝 움켜쥐었다.

"혹시 지금은 괜찮으세요?"

아주 잠깐 침묵이 이어졌다. 혹시 전화가 끊겼나 싶어 액정 화면을 보려는데 너머에서 선배의 웃음소리가 터져 나왔다.

"그래 좋아."

약속한 G층 중앙 로비로 내려오자 휴게 광장에 앉아 있던 리엔 선배가 손을 흔들며 성큼성큼 다가왔다.

"그건 뭐야?"

나는 들고 있던 초콜릿 상자를 보며 괜스레 머뭇거렸다.

"빈손으로 가긴 좀 그러니까요."

"제법인데."

승강기를 하나 갈아타고 구름다리를 통과하는 무빙워크에 올라서야 리엔 선배는 한기를 느꼈는지 허리춤의 저지를 풀어 걸쳤다. 나는 구름다리 내부의 스크린 벽면을 쳐다봤다. 우리의 존재를 감지한 스크린에선 무빙워크의 속도로 광고들을 내보내고 있었다. 스마트 렌즈. 성형외과. 바이오 인공장기. 지역 캠페인. 탈모 방지 샴푸. 무빙워크의 핸드레일에 팔꿈치를 괴고 몸을 기댔다.

"예전보다 좀 성글어진 것 같지 않아?"

"네?"

"광고 말이야. 간격이 넓어졌어."

리엔 선배도 나와 같은 자세로 스크린을 들여다보고 있었다. 광고 간격이 넓어졌다니. 둔감해서인지 나는 알아채지 못했다.

"광고가 줄고 있는 거겠지. 아니면 기업들이 줄고 있거나."

선배는 한동안 광고들 사이 거리를 가늠하듯 스크린에 손을 대보더니 이어서 말했다.

"나도 이제 나이가 들었나 봐."

"갑자기 왜요?"

"예전엔 내 인생 걱정하기도 벅찼는데. 이젠 다른 것들이 막 걱정되는 거 있지?"

"뭐가 걱정되는데요?"

"음, 세상?"

"세상을 걱정하다니. 어른 같은데요?"

리엔 선배가 이마를 긁적였다.

"왜 그럴까. 난 애도 없고 가족도 없어서 세상이 좀 잘못돼도 걱정할 사람도 없는데. 그렇다고 이렇게 되기 전의 세상에 굉장한 애정이 있었냐 하면 그것도 아니고…. 뭔가 좀 희한해."

나는 왠지 좀 알 것 같다고 수긍했다. 그저 이런 식으로 실감이 둔해진 게 세상 탓인지 나의 감각이 무뎌진 때문인지 잘 알 수 없을 뿐이었다. 리엔 선배가 답답한 표정으로 무빙워크에 등을 기댔다.

"사실 좀 어색해. 세상이고 뭐고 하는 게. 다른 사람들은 다 자기 세상이랑 부대끼면서 어떻게든 살아보려고 노력도 하고 발버둥 치기도 하고 그러는데, 어릴 때부터 내 세상은… 어디 쇠창살 반대편에 있었던 것 같단 말이야. 진지하게 마주 보려고 찾아가도 막상 뭘 해야 할지 몰라서 멀뚱하게 앉아만 있는…. 쭉 그런 느낌이었어. 그런데 내가 이제 와서 뭘 안다고. 사실 하나도 모르겠어."

나는 조용히 선배의 옆모습을 쳐다봤다. 에피네프 같은 건 존재하지도 않는다는 듯 산악자전거를 타러 다니고 애인들을 만나고 밤새 이곳저곳 술집을 순회하며 즉흥적으로 사귄 친구들과 술을 마시는 선배가 삶을 그렇게 느낀다는 게 나는 좀 의외였다. 아니… 사실 행동과는 상관없이 내 눈에 리엔 선배는 발 디딘 땅에서 조금도 흔들리지 않을 수 있는 인간 같았다. 그런 사람에게도 이 세상은 이해 불가한 것이라니.

"아무튼 난… 왠지 이게 끝이 아닌 것 같은 느낌이 들어. 이상하게."

리엔 선배가 힘 빠진 목소리로 말했다. 나는 선배를 쳐다봤다.

"다들 몇 년 전에 그 난리 통을 겪고 이제 겨우 안정기로 들어왔다고 생각하잖아. 그런데 난 그냥 우리가 체감하는 능력이 둔해진 거지 지금도 어딘가 위험한 곳을 향해서 계속 미끄러져 가고 있는 기분이 들어. 뉴스를 본다거나 일을 하다가도. 지하철을 타고 가다가도. 그냥 불쑥불쑥."

한참 미간을 찌푸리고 있자니 선배가 등을 짝 후려쳤다.

"사람이 말하는데 뭐라 대꾸가 없어. 응? 그래서 장가는 가겠어?"

"아뇨, 뭐…."

"그냥 하는 말이야. 너무 진지하게 듣지 마. 머리 벗겨져."

선배가 앞머리를 올려보며 씨익 웃었다.

"선배 나라엔 그런 미신이 있나요."

"아니, 진짜로. 너 왠지 이마가 좀 넓어진 것 같아서."

나는 고개를 저었다.

"그럴 리가요."

*

복도에서 잠시 기다리자 리엔 선배가 방문을 열고 몸을 내밀었다. 한 손엔 자랑하듯 커다란 보드카 병을 들고 있

었다. 멀거니 바라보자 선배는 킥킥 웃는 시늉을 하며 옆
방을 가리켰다.

"이럴 때 또 같이 한잔해야지."

나는 웃으며 리엔 선배를 쳐다봤다. 원래부터 리엔 선배
와 하라바야시 가스미는 친한 언니 동생 이전에 이웃 술친
구였다.

"이야기 잘되면 불러. 기다리고 있을 테니까."

알겠다고 내가 대답하자 리엔 선배가 웃으며 문을 닫았
다. 나는 잠시 숨을 가다듬고는 하라바야시 가스미의 호실
인터폰 앞에 섰다. 여전히 첫 마디를 뭐라고 꺼낼지 정하
지 못했지만 눈을 질끈 감고 벨을 눌렀다. 방 안쪽에서 발
소리가 나더니 현관문이 열렸다. 경계하듯 느린 속도였다.

"가스미 씨?"

내 목소리에 문의 움직임이 딱 멎었다. 짧은 순간, 불 꺼
진 방 안에 있는 눈동자와 시선이 마주쳤다.

복도에서 무언가 우당탕 쏟아지는 소리가 들린 건 그때
였다. 하라바야시 가스미가 서 있었다. 떨어진 가방에선
구내식당에서 대여해 주는 보온 도시락통이 굴러 나와 있
었다. 완전히 떨어져 나온 게 하나. 그리고 안감에 걸려 있
는 게 하나. 천천히 눈을 깜박였다. 어쩌면 그리 이해하기
어려운 상황은 아닌지도 몰랐다. 나는 얼굴이 뜨거워지는
걸 느끼며 하라바야시 가스미를 향해 머리를 숙였다.

"실례했습니다."

그녀가 뭐라 반응하기 전에 몸을 돌렸다. 어서 자리를 뜨는 게 나을 듯했다. 괜히 애매하게 우물쭈물하며 서 있다가 그녀가 변명의 말을 꺼낼 수밖에 없도록 만들고 싶지 않았다. 뒤돌아서 걸음을 빨리했다. 하라바야시 가스미가 다급한 목소리로 뭐라 말하는 듯했지만 돌아보지 않았다. 내 발소리가 컸기 때문일까. 뒤에서 다가오는 또 다른 발소리를 눈치챈 순간, 바닥이 벌떡 일어나 얼굴을 덮치는 듯한 착각을 느끼며 나는 정신을 잃었다.

4장

볼에 닿은 물체의 촉촉한 감촉에 정신이 들었다.

잠시⋯ 눈을 뜬 것 같은데 아무것도 보이지 않았다. 고개를 조금 움직여 봤다. 그러자 고여 있던 물이 단번에 엎질러지듯 두통이 밀려왔다. 통증 부위에 손을 대보려 했는데 양팔의 감각이 느껴지지 않았다. 몸을 뒤틀었다. 푹신한 감촉 속에서 내 몸의 형태가 어렴풋이 느껴졌다. 다행히 팔은 있어야 할 자리에 그대로 붙어 있는 것 같았다.

시간이 조금 흐르자 사지에 감각이 돌아왔다. 몇 번 시도한 끝에 팔을 들어 올릴 수 있었다. 뒤통수를 더듬으니 머리카락이 딱딱하게 엉겨 붙어 있었다. 누군가 목을 받쳤다. 눈동자를 위아래로 굴려봤다. 그러자 시야가 조금씩 또렷해지며 불 꺼진 천장과 나를 가까이서 내려다보는 하라바야시 가스미의 얼굴이 보였다. 그녀는 내 얼굴을 닦던 미지근한 물수건을 치우며 미안한 기색으로 말했다.

"괜찮아요?"

턱을 양옆으로 두어 번 비틀고 굳어 있던 혀를 움직여 경련을 풀자 그제야 말을 할 수 있었다.

"어디예요?"

"제 방이요."

"냉각 캡슐 안인 줄 알았어요."

"아니에요. 살아 있어요."

내가 몸을 일으키려 하자, 하라바야시 가스미가 팔을 부축했다. 하지만 불쑥 어지러워져 다시 드러누웠다. 하라바야시 가스미가 어쩔 줄 몰라 하며 말했다.

"안 되겠어요. 그냥 지금이라도 병원에….."

나는 고개를 저었다. 되도록 이대로 움직이고 싶지 않았다. 눈꺼풀을 움직였다가 도로 감았다. 아직도 왼쪽 눈이 잘 보이지 않았다. 옆에서 하라바야시 가스미가 의자를 뒤로 밀며 일어났다. 그녀는 작은 방으로 가서 문을 열었다.

"나와."

낯선 사람이 한 말인가 싶었는데, 하라바야시 가스미의 목소리였다. 일본어라 그렇게 느낀 것이었다. 사람은 모국어와 외국어를 할 때의 목소리가 조금 다르다고 했던가.

가서 사과해. 아마 그렇게 말한 것 같았다. 나는 일본어를 조금 알아들었다. 홍콩에서 몇 년쯤 일하다 보면 인근 나라들의 언어는 전부 조금씩은 알게 됐다. 일본인이든 한국인이든 베트남인이든 인도인이든, 홍콩에 살지만 모국어밖에 할 줄 모르는 사람들이 많았다. 그리고 그런 이들도 가족이 죽는다면 내가 일하는 곳에 와야만 했다. 나는 귀를 기울이며 최대한 말들을 이해해 보려 노력했다.

"미안해요. 그런데 …수는 없었어요. …인 줄 알았단 말이에요."

남자의 목소리였다. 아직 있는 거구나. 그래, 저 사람이 한 일이구나. 그런데 뭘 했지? 머리에 피가 묻어 있었으니. 아, 내 머리를 후려친 거구나. 조금씩 상황이 파악됐다.

"그럼 네가 도망쳤어야지."

"하지만 유즈키는… 잖아요."

머릿속에 한참 동안 끼어 있던 안개가 걷히고 차츰 정신이 또렷해졌다. 어지럼증도 거의 사라진 느낌이었다. 몸을 일으키자 하라바야시 가스미가 다가왔다.

"좀 괜찮아졌어요?"

"유즈키가 누구예요?"

"아… 들렸나요."

하라바야시 가스미가 시선을 떨어뜨렸다.

"대학교에서 친하게 지내던 후배예요. 저 사람은 유즈키의 남자친구고요."

그녀의 쌀쌀맞은 눈빛이 향한 쪽으로 고개를 들었다. 작은 방에서 나와 엉거주춤 서 있는 남자의 모습이 보였다.

"안녕하세요."

내 인사에 그는 풀이 죽은 얼굴로 허리를 굽혔다.

"죄송합니다. 가스미 씨의 친구분이라 생각 못 하고…."

나는 그의 모습을 찬찬히 훑어봤다. 귀를 다 덮을 만큼 머리카락이 길었고, 볼이 홀쭉해 광대가 도드라져 보이는 얼굴이었다. 키가 크고 체격도 제법 있었다. 옷차림은 몸에 비해 조금 작아 보이는 방수 점퍼에 청바지. 초면에 누군가의 뒤통수를 후려칠 만한 사람 같지는 않았다. 하라바야시 가스미를 향해 고개를 돌리자 그녀도 잠자코 나를 마주 봤다.

"혹시 유즈키 씨가 여기 AE에 있나요?"

하라바야시 가스미는 남자와 잠시간 시선을 주고받더니 고개를 끄덕였다.

"네, 맞아요."

"직원으로 있는 건 아닌 거죠?"

"유즈키는 여름에 발병해 9지구의 격리소로 갔었어요."

하라바야시 가스미가 잠깐 망설이더니 덧붙였다.

"그리고 어제 새벽에 여기로 오는 수송차를 탔다고 해요."

"연락이 되지 않을 텐데 그건 어떻게….."

"간병인분에게 전해 들었어요."

남자가 체념한 듯 대답했다. 간병인이라니. 나는 격리소에 전화를 해봐도 페이의 이름조차 들어보지 못했는데. 직접 찾아갔을 때도 마찬가지였다. 간병인은 고사하고 직원한 명 제대로 만나볼 수 없었다. 굳게 닫힌 대문의 인터폰으로 경비원의 목소리를 들은 게 고작이었다.

벽에 걸린 아날로그 시계를 봤다. 시침이 10시를 넘어서고 있었다.

"잠시만요. 어제 새벽이라면 지금쯤….."

하라바야시 가스미가 시선을 떨어뜨렸다. 남자도 말없이 고개를 돌렸다.

"네. 늦어도 오늘 저녁 무렵엔 입주가 끝났겠죠."

하라바야시 가스미가 무겁게 입을 열었다.

"거기까진 저희도 어쩔 수 없어요. 손쓸 방법이 있는 것도 아니고. 무엇보다 반년이면 유즈키의 병세도 이미….."

그녀가 말끝을 흐리며 남자 쪽을 힐끗 쳐다봤다. 나는 좀 의아해졌다. 그렇다면 그는 무엇 때문에 여기 있는 걸까. 그는 여전히 기가 죽은 얼굴로 책상에 걸터앉아 한동안 깍지 낀 손만 만지작거리다 작은 목소리로 말했다.

"저는 그냥 확인을 하고 싶어요."

"뭘요?"

"유즈키가 원해서 이곳에 온 게 맞는지를요."

남자는 그렇게 말하고는 잠시 얼굴을 찌푸린 채 고개를 갸웃하더니 정정했다.

"아니, 원해서 온 게 아니라는 걸… 확인하러 왔다고 해야겠네요."

"원해서 온 게 아니라면… 끌려온 건가요? 가족분들에게?"

"아뇨. AE에게요."

그가 단호하게 말했다. 우리는 한동안 말없이 시선만 주고받았다. 단단한 눈빛을 보건대 그는 진심으로 그렇게 믿고 있는 것 같았다. 자연스레 말투가 조심스러워졌다.

"그렇게 생각하는 이유가 있나요?"

"유즈키가 그랬거든요. 자기는 절대로 AE에 안 들어갈 거라고. 소름 돋으니까요. 뇌만 빼내서 둥그런 어항 같은 데 담가놓는다면서요."

나는 입을 다물었다.

"소름 돋는 광경이란 건 이해해요."

내가 동의하자, 그가 좀 누그러진 얼굴이 되어 어깨를 늘어뜨렸다. 나는 그런 그의 모습을 잠시 지켜보다 덧붙여 물었다.

"하지만 그분… 유즈키 씨가 그렇게 말한 건 꽤 예전 일이죠?"

남자는 내 질문의 의도를 짐작하기 어려운지 고개를 갸웃했다.

"아니에요. 두 달밖에 안 됐어요."

"두 달….."

내가 말끝을 흐리며 중얼거리자, 그가 기분 상한 듯 목소리를 높였다.

"그사이에 유즈키의 생각이 바뀌기라도 했을 거란 말씀인가요?"

"물론 두 달은 생각이 바뀌기에는 짧은 시간이겠죠. 그런데 그건 우리 같은 사람들 기준에서 그런 거고… 시간이 얼마 남지 않은 사람한테는 조금 다를 수도 있지 않을까요? 막상 죽음을 앞두면 사람 마음이 어떨지, 얼마나 겁에 질릴지, 더 살고 싶어 수단 방법 가리지 않을지 우리는 모르잖아요. 겪어보지 않았으니까. 그러니까 유즈키 씨가 마지막까지 거부했을지는… 모르는 일이라 생각해요. 정신까지 완전히 죽으니 몸 정도 버리는 건 대수롭지 않게 여길 수도 있잖아요."

순간 하라바야시 가스미가 어깨를 움찔한 듯싶었다. 하지만 남자가 세차게 고개를 젓기 시작했기에 나는 도로 그한테 시선을 옮겼다.

"아뇨. 그럴 리 없어요."

"그걸 어떻게 알죠?"

내가 묻자, 그가 코웃음을 쳤다.

"왜 모르죠? 사랑하는 사이인데."

나는 터무니없는 소리를 들었을 때 나도 모르게 입술을 깨무는 버릇이 나오지 않도록 조금 벌어져 있던 입을 꾹 다물었다.

"그건 상관없어요. 모르는 건 모르는 거예요."

"아뇨."

그가 받아치듯 말했다.

"누굴 사랑한다는 걸 모르는 건 그쪽 같은데요."

내가 눈살을 찌푸리자 그도 턱을 당기며 노려보듯 눈을 치켜떴다. 나는 하라바야시 가스미에게 시선을 향했다. 그녀가 침대 쪽으로 의자를 조금 당겨 앉았다.

"웨이쉬안 씨. 우린 오늘 밤중으로 보관소에 숨어들어 갈 거예요."

"보관소에는 왜요? 설마….."

"네. 냉각 캡슐이 있는 구역까지 들어갈 수만 있다면 유즈키를 찾아낼 수 있을 테니까요. 시간은 조금 걸리겠지만요."

"하지만 반송체를 찾아낸다고 해서 거기서 무슨 단서를 얻을 수 있죠?"

하라바야시 가스미가 남자를 힐끗 쳐다봤다.

"억지로 끌려갔다면 몸에 무언가 흔적이 남았으리란 거

죠."

나는 남자를 향해 몸을 돌렸다.

"정말 확신하는 건가요?"

그도 그 말만은 조금 억지처럼 들릴 수도 있겠다고 의식했는지 선뜻 대답하지 못하고 시선을 떨어뜨렸다. 그는 잠시 침묵하다 가라앉은 목소리로 입을 열었다.

"솔직히 저는 이쪽 일들 뭐 하나 제대로 몰라요. 그래도 지금 하려는 게 장난으로 할 만한 행동이 아니란 것 정도는 알아요."

나는 잠자코 입을 다문 채 그의 다음 말을 기다렸다. 그는 헛기침을 하고는 괴로운 듯 눈썹을 찡그렸다.

"그렇지만 유즈키가 불합리한 일을 당했을지도 모르는데 가만히 보고만 있을 순 없어요. 그러니까… 당연히 확신할 근거 같은 건 없지만 그렇다고 믿을 거예요. 유즈키를 믿으니까요."

나는 침묵했다. 하라바야시 가스미는 잠시 나를 바라보더니 남자의 어깨를 두드렸다.

"오카베, 잠시 자리 좀 비켜줄래?"

그는 우물쭈물 망설이다 자리에서 일어났다. 하라바야시 가스미는 남자가 작은 방으로 들어가 문을 닫는 걸 확인하고는 내게 얼굴을 돌렸다.

"여기까지 들으셨으니 터놓고 말할게요."

그녀가 낮은 목소리로 말했다.

"어제 그런 말씀을 드린 이유도 실은 이번 일을 도와주셨으면 해서였어요. 화물 승강기를 통해서 보관소로 가는 길은 웨이쉬안 씨가 저보다 잘 아니까요."

"방금 얘길 듣고 그렇지 않을까 했어요."

나는 이마를 문질렀다.

"그치만 AE가 강제로 사람을 입주시킨다뇨. 그런 얘긴 들어본 적도 없어요. 터무니없는 소리잖아요."

"저는 들은 적 있어요."

"네?"

"어제 말씀드렸잖아요. AE는 감추는 것이 있다고. 몇 달 전부터 의심하고 있던 일이에요."

하라바야시 가스미가 내 안색을 살폈다.

"그리고 웨이쉬안 씨도 사실 마음에 걸리는 부분이 있잖아요? 지난달에 입주한 지인분도 원래는 입주할 생각이 없었다면서요?"

나는 하라바야시 가스미를 빤히 쳐다봤다. 리엔 선배한테 거기까지 들은 건가. 잘 기억은 나지 않지만, 그날 리엔 선배가 넋이 나가 있는 나를 휴게실로 데려갔을 때 그런 얘기를 횡설수설했던 것도 같았다. 나는 고개를 저었다.

"가스미 씨 생각에는 페이도 그 사람도 강제로 입주당한 것일 수 있다는 말인가요?"

"가능성은 누구에게나 있지만 저야 그분을 만나본 적이 없으니까 뭐라 말하긴 힘들죠."

하라바야시 가스미가 말했다.

"그분을 아는 건 웨이쉬안 씨잖아요. 어떤가요? 그렇게 쉽게 마음을 바꿀 사람인가요? 뭔가 짚이는 건 없으세요?"

짚이는 것. 이상하게도 페이의 반송체를 발견한 그날 새벽에 봤던 괴상한 영상이 떠올랐다. 새빨간 입자. 꿈틀거리는 땅. 영상 마지막의 비명 소리. 나는 고개를 저었다. 그게 페이가 AE에 강제로 입주했다는 것과 관련이 있을 리가…. 그래, 그럴 리가 없었다. 나는 마음을 가다듬으며 하라바야시 가스미를 바라봤다.

"그런 거 없어요. 저는 죽을 때가 가까워지면 사람 마음이 변할 수도…."

"조금 전에도 그렇게 말씀하셨죠. 더 살고 싶은 마음에 몸 정도는 쉽게 버릴 수 있지 않겠느냐고."

내 말꼬리가 흐려지는 걸 놓치지 않고 하라바야시 가스미가 끼어들었다.

"하지만 그건 사실이 아니에요. 육체란 인간에게 굉장히 중요해요. 자아와 인격 모두 영아기부터 자라나는 몸을 뼈대 삼아 만들어지는 거니까요. 아무리 자기 육체가 불만스러운 사람이라도, 제 몸을 버린다는 건 상상도 하기 힘든 일이에요. 엄청난 스트레스와 인지 장애를 유발하죠."

하라바야시 가스미가 차분한 어조로 말을 이었다.

"제가 처음 AE에 입사했을 때, 연구소에 배정되기 전세 달 정도 입주 지원 부서에서 수습생으로 일했어요. 고객들이 입주하기 전 신체와 정신 건강을 체크하며 적격 심사를 하는 일이었죠. 6,000명 정도 고객들과 대면했는데, 100명이 넘는 고객이 그 고비를 넘지 못하고 입주를 포기했어요. 그중엔 시한부 환자나 에피네프 발병자도 있었죠. 유즈키나 페이 씨처럼, 평소에도 AE에 거북함을 느끼고 팔레트에 뇌가 담기는 걸 혐오스럽게 생각했던 사람이라면 그 스트레스와 자괴감은 몇 배나 크게 다가올 거예요."

나는 또다시 말문이 막혔다. 하라바야시 가스미가 나를 향해 몸을 기울였다.

"만약 강제 입주 같은 게 없다고 생각해도 좋아요. 직접 보고 확인한다면 웨이쉬안 씨도 확신할 수 있겠죠. AE는 숨기는 게 없다고. 백신 혜택 말고도 계속 자리를 지키며 일할 가치가 있는 곳이라고. 지금 웨이쉬안 씨 얼굴에 드러나는 그 조그만 불신도 떨쳐낼 수 있겠죠. 잘 생각해 봐요. 오늘이 지나면 이런 기회는 다신 오지 않을 거예요."

나는 무릎을 세워 웅크렸다. 그건 노골적으로 나를 이용하기 위한 말이었다. 터놓고 이야기를 시작한 이상, 애초에 그녀도 숨길 생각이 없어 보였다. 최악의 경우를 생각해 봤다. 일이 잘못되어서 일반인을 출입금지 구역으로 데려갔다는 게 발각된다면 AE를 떠나야 하는 건 기본이고 법적 문제도 각오해야 할 터였다.

"묻고 싶은 게 있어요."

내가 말하자, 하라바야시 가스미가 어깨를 펴고 자세를 바르게 했다.

"네, 물어보세요."

"가스미 씨는 왜 AE가 숨기는 걸 알려고 하는 거죠? 원하는 게 뭔가요? AE가 없어지는 것?"

"아뇨. AE는 있어야 해요. 이미 수억 명의 삶을 짊어지고 있으니까요."

그녀가 그 점은 확실히 하고 싶다는 듯 분명한 어조로 말했다.

"단지 지금 같은 상태로 있어선 안 된다고 생각할 뿐이죠."

"지금 같은 상태라는 게 정확히 뭘 의미하는 건데요?"

하라바야시 가스미는 이번엔 꽤 시간을 들여 고민했다.

"조금 전에 몸을 버린다는 것에 대해 고객들이 어떻게 느끼는지 말했죠?"

그녀가 오랜 침묵을 깨고 말했다. 나는 대답을 대신해 고개만 끄덕였다.

"그래서 그중 일부 고객은 동면 기술과 병행되길 요청하기도 해요. 실제로 AE와는 무관하지만 독립적으로는 이미 존재하는 기술이니까요. 에피네프의 완전 치료제가 개발될 때까지 정신은 AE에, 신체는 동면에. 좋은 생각이잖아요."

"그렇네요."

"그렇다면 웨이쉬안 씨, 의문이 들지 않나요? AE는 왜 고객들의 요구대로 동면 시스템과의 결합을 검토하지 않는 걸까. 왜 꼭 그렇게 무참히 고객들의 몸을 갈라 뇌와 척수를 뽑아내는 방식만 고수하는 걸까 하고요."

"기술적인 한계인가요?"

내 물음에 그녀가 고개를 끄덕였다.

"맞아요. 뇌와 척수에 820여 개의 유선 케이블을 직접적으로 연결해야만 하기에 물리적으로 갈라서 꺼내지 않고는 전산화된 인격 데이터와 연결할 수 없다는 거죠. 게다가 케이블이 삽입되는 과정에서 한번 영구적으로 상해버린 조직들은 다시 기능할 수 없으니 되돌리는 일 또한 불가능하고요."

거기까지 말하고 하라바야시 가스미는 한 박자 쉬었다가 덧붙였다.

"정확히는, 그랬었어요."

"지금은 다른 방법이 있다는 뜻인가요?"

"13개월 전에 유선 케이블을 대체할 수 있는 기술을 개발해 냈거든요. 로밍셀이라고 해요. 혈관을 따라 이동하며 정보를 수신하고 발신하기 때문에 이론적으로 동면 상태에서도 뇌가 인격 데이터에 접근할 수 있어요. 몸에서부터 장기를 꺼낼 필요가 없어진 거죠."

나는 입을 벌린 채 침대의 모서리를 멍하니 쳐다봤다. 13개월 전이라면 페이가 격리소에 들어가기도 전의 일이었다.

"하지만 프로젝트는 폐기당했어요. 여러 차례 실험도 모두 성공하고 세세한 디버깅까지 끝낸 완성 단계였는데, 마지막에 임원들 앞에서 시연하던 중 사고가 있었거든요. 이상했죠. 정말이지 아무도 예상치 못한…."

하라바야시 가스미가 나지막한 목소리로 정정했다.

"아니, 예상을 못 한 건 저희뿐이었죠. 로밍셀이 오류를 일으키고 피실험자가 병원으로 이송되다가 알 수 없는 이유로 사망하니 30분도 지나지 않아 AE 측 변호사들이 찾아왔어요. 로밍셀과 지난 연구 기록에 대한 폐기 조항이 담긴 동의서를 들고요. 말도 안 되는 일이었죠. 사망까지 이어질 여지가 전혀 없는 기술이었어요."

"네? 그럼 뭔가 반론할 만한…."

거기까지 말하고, 나도 하라바야시 가스미가 그랬던 것처럼 말끝을 흐렸다. AE가 소유하고 있는 독점 기술은 철저한 기밀 보안 절차를 거쳤다. 진행 도중인 연구라 해도 예외일 리 없었다. 즉, AE가 부당한 공작을 행했다 해도 그걸 증명할 증거 자체가 남을 수 없었다. 나는 고개를 저었다.

"그런 유용한 기술이 대체 뭐가 마음에 안 들었던 걸까요?"

내가 생각할 수 있는 건 비용 혹은 기존 입주자의 반발이었다. 로밍셀 개발 이전에 입주한 탓에 이미 돌아갈 신체를 잃어버린 이들에게 동면 기술과 병행할 수 있는 새로운 시스템은 엄청난 박탈감을 줄 테니까. 내 말을 들은 하라바야시 가스미가 고개를 저었다.

"둘 다 걸림돌이긴 하지만 AE가 단념할 정도는 아닐 거예요. 장기적으로 봤을 때는 더 큰 차원으로 발전할 여지가 많거든요. 고객 유치와 기술 계약도 그렇고, 무엇보다 데이터센터와 직접 연결된 본관 내에만 보존 구역을 둬야 하는 제약에서 벗어날 수 있죠. 사업이나 경영을 모르는 저만 해도 이 정도를 꼽을 수 있는데, AE의 임원진에서 그 정도 수지타산을 파악하지 못했을 리 없을 거라 봐요."

"그렇다면…."

나는 하라바야시 가스미한테 들은 내용을 되새기며 말했다.

"반대로 AE가 이윤이나 운영 초기부터 내세워 온 인류 복지 차원보다도 중요하게 여기는 어떤 게 있는데, 로밍셀이 거기에 부합하지 않았다는 의미일까요?"

"아마 그런 것이겠죠."

이야기를 따라가는 데에만 집중하고 있었던 나는 그녀의 말을 한 박자 늦게서야 이해할 수 있었다.

"그 연구를 맡은 게 가스미 씨였나요?"

그녀는 눈썹을 만지작거리다가 고개를 끄덕였다.

"로밍셀 개발은 제가 AE에 들어온 이유였어요. 이유보다는 목표라고 할까요. 사실 기술은 수단이고 그걸 통해 이루고자 한 목표가 따로 있었어요."

"그 목표가 뭔지 물어도 될까요?"

"AE가 독점하고 있는 기술들을 외부와 공유하도록 하는 거예요."

하라바야시 가스미가 신념에 차서 굳건한 어조로 대답했다. 나는 지난 3년간 AE의 내부 문제를 이야기를 할 때면 늘 그래왔듯 조심스레 목소리를 낮추며 마른침을 삼켰다.

"기술이라 하면… 정신 전산화 기술을 말씀하시는 거죠?"

"정신 전산화 기술만이 아니에요. AE는 서버 시스템, 뇌와 신경계, 호르몬, 언어, 데이터 사이의 통신 체계를 구현하는 데 필요한 스무 가지 이상의 독립적인 기술을 독점하고 있어요. 저는 그 모든 기술이 의료, 과학, 공학 분야와 접목되어 에피네프를 치료하는 데 활용되어야 한다고 생각해요. 멀리 갈 것 없이, 로밍셀로 동면 기술과 현재 AE

기술만 연결해도 에피네프의 대피소가 되어 상당한 시간을 벌 수 있을 거예요. 기술적으로만이 아니라 사회 인식적으로도 그렇죠. 동면에 들어간 당사자와 주변 사람들이 치료제 개발을 지속적으로 요구하거나 실질적인 도움까지 제공한다면 에피네프를 극복할 강한 동력이 될 거예요. 하지만 지금처럼 죽음을 대신하는 역할에 그치면… 해결하고자 하는 노력 대신 손쉽게 선택할 수 있는 도피의 길로 세상을 끌고 갈 뿐이죠. 이대로 간다면 인구가 급감하는 만큼 수요를 잃은 기술 또한 빠르게 쇠퇴할 테고, 인류는 스스로를 지킬 힘을 더욱 잃게 될 거예요. 지금은 그렇게 되기 전에 모든 기술력을 한데 집중해야 할 때예요."

나는 하라바야시 가스미의 말을 하나씩 되짚어 봤다. 그리고 그 의견에 내가 우려하던 극단적인 이념이 없다는 사실에 조금 안심했다. 여태껏 다른 목적을 품고 AE에 입사했던 이들은 배후 세력을 등에 업고 사익을 위해 기술을 빼돌리려 했을 뿐이었다. 그에 비하면 하라바야시 가스미의 목적은 인도적이었다. 근시안적인 목적을 가진 이들이 금세 AE 내부에서 사라져 가는 동안에도 그녀가 아직까지 여기 남아 있는 이유일지도 몰랐다.

"그런 거였군요."

"저는 이대로 포기할 생각은 없어요. AE가 왜 로밍셀을 폐기했는지, 이윤보다 우선시하는 게 뭔지 알아낼 거예요.

그러면 새로운 방법을 찾아낼 수 있겠죠. 그걸 위해선 뭐든 할 각오예요."

나는 고개를 끄덕였다. 강제 입주라는 비상식적인 일이 일어나고 있는 게 사실이라면, 분명 AE가 이윤보다 중요시하는 어떤 것과 연결되어 있을 가능성이 있었다.

"대답이 됐나요?"

하라바야시 가스미가 나를 바라보며 물었다.

"네, 알겠어요."

"그러면 오늘 일을 도와주시는 건 생각을….""

"방금 그게 대답이에요."

하라바야시 가스미가 눈을 크게 뜨며 멀뚱히 나를 바라봤다. 그녀를 마주 보며 고개를 두어 번 끄덕였다.

"할게요. 아무도 모르게 보관소에 들어갔다 나오기만 하면 되는 거잖아요? 맡겨주세요."

5장

　심야 시간, 승강기엔 사람이 없었다. 늦게 퇴근하는 직원들이 탔는지 올라가는 승강기는 몇 대 있었지만, 내려가는 건 우리뿐이었다. 승강기에 올라타자 남자는 긴장된 얼굴로 두리번거렸다.

　"여긴 어디나 천장이 높네요."

　남자가 중얼거렸다. 나도 따라 힐끗 천장을 올려다봤다. 너무 익숙해져서인지 내게는 그다지 큰 느낌으로 다가오지 않는 높이였다.

　"입주라는 게 끝나면…."

　그가 조금 께름칙한 목소리로 입을 열었다.

　"무슨 박스에 들어간다고 했나요?"

"뇌와 척수는 보존 구역에 있는 개인 세라믹 팔레트 안으로 옮겨져서 서버와 연결되고, 남은 신체 부위는 냉각 캡슐이라는 보랭 장치에 보관돼요. 가족분들이 찾아가거나 제가 일하는 반송체 처리 부서에서 폐기하기 전까지 잠깐 동안이지만요."

"냉각 캡슐이라는 건 좁은가요?"

"좁긴 하지만…."

나는 그를 돌아봤다.

"그건 왜요?"

"유즈키가 좁은 곳을 무서워했던 게 생각나서요."

나는 잠자코 고개만 끄덕였다. 냉각 캡슐에 들어갈 때면 이미 좁고 넓음을 지각할 수 없는 상태라는 걸 그도 몰라서 하는 말은 아닐 테니까. 그는 뒷짐 지며 비스듬히 서서 승강기 바닥을 신발 밑창으로 문질렀다.

"23년도… 딱 이맘때쯤이었나. 유즈키랑 같이 집을 보러 다녔어요."

그가 두어 번 헛기침하더니 말을 이었다.

"한 일주일쯤 돌아다니다 시부야 외곽에서 괜찮은 맨션을 찾았죠. 오래되긴 했어도 깨끗하고 넓고 저희 아르바이트 장소랑 거리도 적당해서 1층 오픈하우스만 보고 바로 계약했는데, 엘리베이터에 문제가 있다는 걸 나중에 알았어요. 비좁고 거울도 없어서 유즈키가 도저히 탈 수 없었거든요. 그래서 결국 거기 사는 1년 내내 비상계단으로만 다녔죠. 같이 외출이라도 하면 7층부터 1층까지 걸어서 내려갔다 다시 올라왔다…. 유즈키가 밤 근무라도 하는 날이면 마중을 나갔다가 또 걸어서 올라오고…."

나는 엘리베이터 계기판을 바라보며 23년도의 일을 떠올려 보았다. 그때 나는 스물여섯이었다. 그리고 막 홍콩에서 타국 생활을 시작한 참이었다. 많은 것이 낯설었다. 내가 염습한 시신이 실제로 관에 들어가 불탄다는 사실이 낯설었고, 얼마 전까지 학생이었던 나를 유가족들이 '선생님'이라 부르는 게 낯설었다. 나 혼자만 느끼는 듯한 그 계절감도, 조부모의 고국이라 해도 홍콩이란 곳은 내겐 그저 생소한 땅일 뿐이란 걸 실감하는 순간들도 낯설었다. 그 기억들은 좋다고 하기에는 차고 건조했고, 나쁘다고 하기에는 너무도 형형하고 아름다운 색을 띠고 있었다. 다시는 돌아갈 수 없는 생활과 삶의 한 층계들. 에피네프와 AE가 없었던 세상이 대개 그리 기억되는 것처럼.

페이를 만난 것도 그때 그곳에서였다.

페이는 싱가포르제 브랜드 크로스백을 메고 손에는 수첩을 든 채, 포장마차 조명 아래 서서 튀김꼬치를 먹고 있었다. 땀으로 발갛게 빛나던 얼굴과 음식에 만족한 듯한 미소. 수명이 아슬아슬한 네온사인과 진한 고추기름 냄새, 활력이 도는 열대야의 시장 한가운데에서 처음 만난 우리가 이스트코스트 공원과 사라지고 없는 센토사의 머라이 언에 대해 이야기하는 동안 그와 유즈키 씨는 수천 킬로미 터 떨어진 또 다른 도시에서 함께 계단을 오르내리고 있었 으리라 생각하니, 아주 먼 우주에서 부유하며 지구를 내려 다보는 기분이었다. 그렇게 본 지구는 작고 따스하지만, 이제는 존재하지 않는 행성처럼 느껴져 나는 조금 먹먹해 졌다.

"근데 사실 저는 좋았어요. 나름 재밌었거든요. 층계참 에서 키스도 하고… 죄송해요. 이런 얘기는 좀 너무 나갔 나."

내가 돌아보며 헛웃음을 짓자 그도 머쓱하게 웃었다.

"그러고 보니 이름도 모르네요."

내 말에 그가 새삼스레 다시 미안한 기분이 들었는지 고 개를 푹 숙였다.

"오카베 아키라예요."

"저는 웨이쉬안이에요."

우리는 마주 보고 웃으며 악수했다. 그는 보기보다 마디 가 굵고, 굳은살이 단단히 박인 손을 가지고 있었다.

승강기에서 내려 환승역에 들어서자 금세 셔틀이 들어 왔다. 셔틀에 오르며 주위를 둘러봤다. 몇 사람이 앉아 있 었다. 나와 오카베는 구석에 자리를 잡았다. 긴장한 듯 두 손을 모은 채 앉아 있는 오카베를 향해 낮은 목소리로 말했다.

　"다음 정차 역에서 바로 내릴 거예요."

　지하 1층 본관 환승역에 도착한 우리는 셔틀이 역을 통과해 사라지는 걸 지켜봤다. 발밑 조심하라고 주의를 주며 레일로 내려가자, 그가 뒤따라 플랫폼에서 내려오며 불안한 표정을 지었다.

　"어디로 가는 거죠?"

　"보관소에 들어가려면 1층 로비에서 엘리베이터를 타고 화물 승강기가 있는 지하 6층 저희 부서로 내려가야 해요. 그런데 로비에는 경비원도 있고 출입 단말기도 있어서 사원증 없이는 들어가기 힘들죠."

　"그러면 이쪽에 우회할 길이 있는 건가요?"

　"좀 더 가면 본관 지하 계단과 연결되는 비상구가 있어요. 그 앞에서 잠시 기다리면 제가 안쪽으로 들어가 문을 열어줄게요."

　2분쯤 걷자 터널 왼편에 움푹 들어간 비상대피소가 나왔다. 그곳에서 기다리라고 내가 말하자, 그는 아직 묻고 싶은 게 많은 듯 불안한 눈빛으로 잠시 나를 바라봤지만 곧 마음을 다잡은 얼굴로 고개를 끄덕였다. 시간을 확인했다. 다음 셔틀이 들어오는 데까지 5분 정도 남아 있었다. 나는 왔던 길을 뛰어 돌아왔다. 플랫폼으로 기어올라 와 잠시 숨을 고르고 있자 얼마쯤 지나 셔틀이 들어왔다. 나는 셔틀이 떠나기를 기다렸다가 천천히 1층 로비로 향하는 에스컬레이터를 탔다.

출입 단말기에 사원증을 찍고 들어서자 로비 반대편에 앉아 있는 경비원이 고개를 들었다. 내가 다가가니, 그는 여전히 작업복을 입고 있는 나를 위아래로 훑어봤다.

"무슨 일이시죠?"

"내일부터 사흘간 휴가인데 놓고 간 물건이 있어서요."

그는 대강 그런 일이리라 짐작했다는 듯 고개를 끄덕였다.

"사원증 좀 보여주시겠어요?"

반송체 관리 부서. 그는 내 사원증을 천천히 훑어보며 중얼거리다가 고개를 들었다. 이상하게도 그 시선은 내가 아닌 내 어깨 너머 널찍한 본관 로비 내부를 몇 번이나 훑듯이 오갔다.

"실례지만 반송체 관리 부서는 몇 층이죠?"

그가 자리에서 일어나며 말했다. 앉아 있을 때는 몰랐지만, 접수대를 사이에 두고도 나를 굽어볼 정도로 굉장한 거구였다. 나는 헛기침을 하며 지하 6층이라 대답했다.

"아, 그렇군요. 지하 6층. 알겠습니다."

그가 천천히 팔을 뻗어 손에 쥐고 있던 사원증을 건넸다. 시선을 내리자 접수대 위에 그가 손으로 짚고 있는 두툼한 가죽 커버의 책 한 권이 눈에 들어왔다. 성경이었다.

그의 팔뚝 힘줄과 실핏줄이 어딘가 비정상적으로 일그러져 보였다.

"그럼 수고하세요."

사원증을 받아 넣고 승강기를 향해 걸어가다 잠시 멈춰 돌아봤다. 그 짧은 사이에 어디로 사라졌는지 접수대 너머엔 사람 그림자도 보이지 않았다.

*

안쪽에서 잠겨 있는 비상문을 열자 바닥에 쭈그리고 앉아 있던 오카베가 조금 전보다 해쓱해진 얼굴로 고개를 들었다.

"이곳 지하철은 참 기네요."

"출근 시간 동안 수만 명을 실어 날라야 하니까요."

나는 그가 앉아 있던 자리에서 고작 두 걸음 떨어진 곳에 있는 레일을 돌아봤다.

"어서 들어와요. 한 대 더 오기 전에."

비상문을 닫고 빗장을 잠그자 잠시 후 셔틀이 지나가는 소리가 들렸다. 우리는 발소리를 죽이고 비상계단을 내려와 지하 6층의 반송체 처리 부서 문을 열고 들어갔다. 최소한의 컨디셔너만 가동되고 있는 지하의 공기는 눅눅한 냄새를 풍겼다. 비품실 앞에서 잠시 기다리라 말하고는 필요한 물건을 챙겨 오자, 그는 벽에 기대어 있었다.

"혹시 힘이 다 빠진 건 아니죠?"

"그럴지도 모르겠는데요. 왜요?"

"사다리를 타고 올라가야 하니까요. 한… 80미터 정도."

"농담이죠? 사다리는 왜…."

내가 헤드랜턴과 포장지 벗긴 안전벨트를 건네자, 그가 경악스러운 얼굴로 쳐다봤다. 나는 허리에 안전벨트를 단단히 메고 와이어 후크를 점검했다.

"보관소는 보존 구역 바로 밑에, 31층 높이에 있거든요."

사실 본관이라고 해도 사람이 일하는 공간은 10층 아래로만 띄엄띄엄 흩어져 있고, 주가 되는 것은 그 위의 무인 구역이었다. 우선 AE 서버와 EST 서버 전체를 총괄하는 데이터센터 및 냉각 설비가 30층까지 가득 차 있으며, 그 위로 보관소가, 또 그 위로는 보존 구역이 180층까지 올라가 있었다. 입주 절차는 모두 본관 옆에 딸려 있는 입주관 건물에서 이루어졌다. 절차를 마친 고객이 구름다리를 통해 입주관에서 본관으로 넘어오면 수면 마취되어 전용 승강기에 실렸다. 승강기 내부 설비는 자동으로 뇌와 척수를 분리하는 수술을 진행했다. 수술이 끝나면 주요 부위는 팔레트에 담겨 보존 구역으로 향하고, 남은 부위는 냉각 캡슐에 안치돼 가족들에게 곧장 돌아가거나 보관소로 이동했다.

"80미터라⋯."

그가 절망적인 목소리로 중얼거렸다.

"웨이쉬안 씨는 올라가 본 적 있나요?"

"80미터는 아니고 한 50미터 정도? 승강기가 중간에 멈춰서, 그 아래까진 가봤어요."

"무슨 일로요?"

"그게⋯ 규격 오류 때문에, 반송체 한 구가 냉각 캡슐 밖으로 굴러 나와서 승강기와 승강로 벽면 사이에 끼인 적이 있었거든요. 그걸 청소하러요."

끔찍한 하루였다. 벽면에 낀 반송체를 수술용 가위로 손수 오려내 제거하고, 벽면을 타고 흘러내린 이물질을 닦고, 바닥의 완충기 주변에 흩뿌려진 잔해들을 정리하고, 곳곳에서 실시간으로 새롭게 생겨나는 구토물까지 모두 없애는 데에는 꼬박 열네 시간이 걸렸다. 오류는 즉시 EST에 보고되어 다시는 그런 일이 일어나지 않도록 픽스될 것이라 했지만, 당연하게도 연장 근무비를 제외한 위로금이나 성과급은 없었다.

"지금부터 그런 일이 있었던 곳을 올라간다는 거죠?"

오카베가 질색하며 중얼거렸다.

"안전장치는 있으니까 걱정하지 않아도 돼요."

"마음의 안전장치는 없나요."

그가 어깨를 축 늘어뜨리며 말했다.

너비 15미터의 승강로에는 네 개의 사다리가 있었다. 출입문과 가장 가까운 사다리의 안전바에 오카베의 안전벨트 후크를 고정해 주자, 그가 불안한 얼굴로 와이어를 잡아당겼다. 나는 사다리를 따라 평행으로 쭉 올라가는 안전바를 퉁퉁 두드렸다.

"후크와 안전바 사이에 일정 강도 이상 마찰이 일어나면 즉시 고정하게 돼 있어요. 미끄러져도 몸은 좀 꺾일지 모르지만 추락하진 않으니까 걱정 말아요."

"몸은 좀 꺾인다…."

오카베는 혼이 나간 얼굴로 중얼거리며 사다리에 올랐다. 그의 안전벨트가 잘 고정되었다는 걸 확인하고는 나도 뒤따라 반대편 사다리에 후크를 걸었다. 머리 위에는 헤드랜턴의 빛조차 닿지 않는 새카만 구멍이 입을 벌리고 있었다. 숨을 크게 들이마시고 사다리에 체중을 실었다. 디딤대의 거칠고 차가운 감촉이 느껴졌고, 지하의 음습한 공기에 녹아든 비릿한 쇳내가 피부에 달라붙듯 다가왔다.

얼마나 말없이 사다리를 올랐을까. 승강기를 먼저 발견한 건 오카베였다. 승강로 반대편에서 들려온 놀란 목소리에 내가 고개를 돌리자 헤드랜턴 빛 너머로 사다리에 비스듬히 매달려 있는 그의 모습이 보였다. 그가 위쪽을 가리켰다. 머리를 들자 한동안 어둠 속으로 흩어지기만 하던 랜턴의 빛이 반사돼 돌아왔다. 화물 승강기의 바닥이었다.

"위쪽에서 만나죠."

내가 목소리를 높여 말하자 빛줄기가 위아래로 움직였다. 시선을 들어서 둥그렇게 파인 승강로 벽면과 승강기 사이의 좁은 통로를 확인했다. 그 사이로 들어가 보는 건 처음이었다. 이후에 무엇이 나올지는 나도 전혀 몰랐다. 보관소라고는 하지만, 그 구조가 어떻고 자동화 시스템과 어떤 식으로 연동되는지 짐작도 가지 않았다. 나는 천천히 사다리를 짚으며 터널 안으로 들어갔다.

먼저 승강기 지붕 위로 올라온 건 나였다. 안전바의 후크를 푼 뒤 두 발을 딛고 서자 몸이 기우뚱하는 느낌이 들었다. 일단 승강기가 오가는 범위는 넘어온 셈이었다. 이제 여기부터 헤매지 않고 보관소를 찾아갈 수 있을까. 그렇게 생각하며 고개를 든 순간, 나는 그게 쓸데없는 걱정이었다는 걸 깨달았다.

"여긴가요?"

"그런가 봐요."

우리는 머리 위에 펼쳐진 나선의 공간을 바라봤다. 그건 마치 기계화된 콜로세움 같기도, 푸른 타일로 쌓아 올린 개미귀신 구덩이 같기도 했다. 잠시 후 나는 그게 거대한 나선계단 형태의 컨베이어 벨트와 그 위에 빈틈없이 맞물려 있는 수천 대의 냉각 캡슐이라는 걸 깨달았다. 시선을 옮기자, 최상부 원형 컨베이어의 둥근 테두리를 따라 통로 입구 수십 개가 보였다. 그 통로를 통해 수술용 승강기에서 나온 냉각 캡슐이 컨베이어를 회전하며 내려오는 구조인 듯했다.

"상상했던 모습이랑… 꽤 다르네요."

"그렇네요."

오카베는 잠시 망설이다가 가장 낮은 컨베이어 쪽을 가리켰다.

"유즈키를 찾으려면 저기부터 기어올라 가야겠군요."

나는 천천히 고개를 끄덕였다. 하지만 선뜻 먼저 움직일 수가 없었다. 컨베이어의 너비는 가장자리의 좁은 보조 턱을 제외하곤 냉각 캡슐의 규격과 정확히 맞고, 캡슐들 또한 양옆으로 빈틈없이 맞붙어 있었다. 즉, 그 나선의 경사를 타고 올라가기 위해서는 늘어선 냉각 캡슐을 밟고 올라가는 수밖에 없었다. 심호흡한 후 천천히 걸음을 옮겼다. 내가 먼저 첫 번째 캡슐을 두 손으로 짚고 올라서자, 뒤따라온 오카베가 머뭇거리며 말했다.

"저, 사람 시체 본 적 없어요."

"무서운가요?"

"조금요."

"그러면 잠시 쉬며 기다려도 괜찮아요. 유즈키 씨를 찾으면 부를 테니."

내 말에 그가 재빨리 고개를 저었다.

"이 많은 캡슐을 모두 확인해야 하는 거잖아요. 분담해서 얼른 끝내야죠."

나는 시간을 확인했다. 앞으로 여섯 시간 정도. 그의 말이 맞았다. 그도 기어 올라와 캡슐을 디뎠다. 그는 캡슐 표면을 만지더니 가라앉은 목소리로 말했다.

"차갑네요."

그는 한동안 캡슐을 더듬다가 일어났다. 그러고는 휴대폰의 케이스 아래에서 작은 코팅지 하나를 꺼내 내게 건넸다. 안경을 쓴 단발머리의 여성이 찍힌 여권 사진이었다.

"이게 유즈키 씨군요."

"잃어버리지 마세요."

그가 씩 웃어 보이고 조심스럽게 캡슐을 디디며 걸어 올라갔다.

"저는 겹치지 않게 맨 위쪽부터 훑어 내려올게요. 먼저 찾으면 불러주세요."

＊

오카베가 유즈키 씨를 발견했다고 소리친 건 새벽 4시 40분경이었다. 그때쯤 우리는 이미 나선계단 두 바퀴 정도를 사이에 두고 서로 모습이 보일 만큼 가까워져 있었다. 나는 이제 막 열었던 냉각 캡슐의 뚜껑을 도로 닫고 그가 있는 자리로 서둘러 걸어 올라갔다. 오카베는 머리에 쓴 헤드랜턴을 벗어 손에 들고 열린 냉각 캡슐 안을 비추고 있었다. 나는 그의 안색을 살폈다. 표정은 담담했지만 눈가의 근육이 경련하듯 떨리고 있었다.

"웨이쉬안 씨."

그가 랜턴을 살짝 내리며 나를 바라봤다.

"감사해요. 헛걸음을 한 건 아닌 것 같아요."

"네?"

오카베는 설명 대신 내가 캡슐 안을 볼 수 있도록 몸을 옮기고 빛을 비췄다. 나는 반사적으로 눈살을 찌푸렸다. 유즈키 씨의 얼굴에 든 멍자국 때문이었다. 오카베는 곳곳에 피가 고이고 찢어진 손바닥과 깨진 손톱, 묶인 자국이 뚜렷한 손목, 누군가의 손톱에 긁힌 듯 붉은 반월형 상처가 남은 위팔과 목덜미를 차례로 비췄다. 쇄골과 가슴 부근, 등 쪽에도 시반이나 사망 후 피하출혈과는 색이 다른 멍자국이 군데군데 보였다. 명백히 온몸으로 저항한 흔적이었다. 나는 하라바야시 가스미의 방에서 오카베가 한 말을 떠올리며 그를 마주 봤다.

"유즈키 씨는 정말 강제로…."

거기까지 말하고, 나는 말끝을 흐렸다. 페이의 몸에는

상처가 없었다는 게 떠올라서였다.

주머니 속에서 휴대폰이 울렸다. 곧 5시임을 알리는 알람이었다. 알람을 끄며 내가 오카베를 마주 보자, 그도 고개를 끄덕이고는 휴대폰을 꺼내 유즈키 씨 몸의 상처 부위를 찍기 시작했다. 나는 연달아 터지는 카메라 플래시에 순간순간 밝게 물드는 오카베의 얼굴을 지켜봤다. 그의 얼굴에선 뚜렷한 감정을 읽어낼 수가 없었다. 그는 어떤 기분을 느껴야 하는 걸까. 유즈키 씨가 당한 일을 자기 눈으로 확인할 수 있었다는 것에 안도해야 할까, 아니면 우려했던 끔찍한 가정이 현실이 되었다는 사실에 절망해야 할까. 나는 잠시 망설이다 다시 한번 그의 어깨에 손을 올렸다.

"데려가고 싶어요?"

그가 휴대폰을 든 손을 내리며 멀뚱하게 나를 쳐다봤다.

"네?"

"유즈키 씨를 여기에 두고 가면 후회할 것 같죠?"

"하지만 그건… 아무리 그래도 거기까지는….."

나는 겉옷과 안전벨트를 벗어 오카베에게 건넸다.

"시간이 없어요. 이걸로 유즈키 씨와 몸을 고정해요."

"이걸 저한테 주시면 웨이쉬안 씨는 위험하잖아요."

"걱정하지 말아요. 천천히 내려갈 테니까."

나는 조심스럽게 유즈키 씨의 몸을 들어 오카베의 등에 업힌 후, 안전벨트로 그들의 가슴과 골반이 서로 떨어지지 않게 꽉 조여 묶는 걸 도왔다. 척추가 없기 때문에 꼼꼼히 고정시켜야 했다. 봉합부에 따라 압력이 가해질 수 있는 등 부분은 겉옷으로 단단히 감쌌고, 안전벨트의 와이어를 늘려 오카베의 어깨를 따라 X자로 동여맸다. 그 정도면 웬만한 충격으로는 풀리지 않을 터였다. 내가 오카베의 후크를 안전바에 걸어주자, 그가 고개를 저었다.

"역시 이건 좀 욕심 같아요. 시신이 사라지면 난리가 날 텐데….."

"뒷일이라면 걱정하지 않아도 돼요. 맨 밑에서부터 쭉 캡슐 개수를 50개씩 헤아리면서 올라왔어요. 순서만 잘 맞추면 제가 유즈키 씨 캡슐을 내려 받아 처리할 수 있을 거예요. 시리얼 코드도 봐뒀으니 아무 문제 없죠."

잠시 눈빛이 흔들렸지만, 그는 오래 고민하지 않았다. 오카베는 유즈키 씨의 몸을 들쳐 올리고 사다리를 붙잡았다.

"그럼… 적어도 제 위에서 내려오세요. 혹시라도 헛디디면 제가 무슨 일이 있어도 붙잡을게요."

그의 고집스러운 얼굴에 나는 잠자코 고개를 끄덕였다.

오카베가 먼저 사다리를 타고 내려간 후, 나도 이어서 조심스럽게 사다리 발판에 체중을 실었다. 안전장치가 없이 매달리니 온몸이 오싹했다. 정신을 바짝 차리고 신중하게 손발을 움직였다. 승강기의 좁은 통로를 빠져나오자 한

결 쌀쌀한 공기가 피부에 닿았다. 한참 말없이 사다리를 짚고 내려가던 오카베가 입을 열었다.

"AE에 들어간 사람들끼리는 서버 안에서 서로 만날 수 있죠?"

"그렇죠."

조심스레 내려 디딘 발이 오카베의 어깨에 닿았다. 그는 멈춰 있었다.

"그러면 강제로 입주당한 사람들은 어딘가 다른 곳으로 보내지는 걸까요?"

"네?"

"그렇잖아요. 강제로 입주당한 사람들과 일반적으로 입주한 사람들이 만나면 사실이 전부 밝혀질 거 아니에요."

나도 오카베와 마찬가지로 사다리를 껴안고 멈춰 서서 생각에 잠겼다. 일리 있는 말이었다. 바깥세상은 물론일 테고, 서버 내부의 5억 명의 입주 고객들에게도 이 사실이 알려진다면 AE한테 좋을 게 없었다. 오카베가 괴롭게 신음했다.

"애초에 유즈키를 왜 끌고 간 걸까요? 격리소에 있는 사람을 전부 강제로 입주시키는 건 아니잖아요. 대체 무슨 기준으로 뭘 원해서…."

나는 잠시 침묵하다가 할 수 있는 한 부드럽게 말했다.

"우선 지금은 무사히 빠져나가는 것부터 생각하죠. 가

스미 씨라면 뭔가 짐작하는 게 있을지도 모르고요. 앞으로 알아보면 돼요."

"네, 잠깐 심란해져서…."

밑에서 다시 오카베가 사다리를 밟고 내려가는 소리가 들렸다.

"끔찍한 곳은 아니어야 할 텐데."

그가 중얼거렸다.

"끔찍한 곳…."

나는 그의 말을 나직이 되뇌었다.

6장

"갈 곳은 있어요."

이후에 어떻게 할 계획이냐는 내 질문에 오카베가 대답했다.

"황 신부님이라고 저랑 유즈키가 여기 처음 왔을 때 이런저런 도움을 주셨던 신부님이 한 분 계시거든요."

"신부님? 성당에 다녔나요?"

"기도원에요. 제가 아니고 유즈키가 다녔죠. 모태신앙이라서요. 학교를 그만두며 본가와는 의절했지만 기도는 계속하러 다녔어요. 그 덕에 만나 뵌 분이죠. 실은 유즈키의 간병인분과 연락을 중개해 준 것도 신부님이었어요."

나는 머리를 긁적였다. 그런 거였나.

"그렇다면 그 신부님도 오카베 씨가 여기 온 걸 알고 있겠네요?"

"네. 그래서 아마 불쑥 찾아가도 도와주실 거예요."

신부라니 의외였지만, 동시에 고개가 끄덕여졌다. 종교계는 에피네프가 발생한 이래 큰 어려움을 겪고 있었다. 많은 사람이 죽었으므로 내부 관계가 단절되었고, 적지 않은 신도들이 가치관에 혼란을 겪으며 신앙심을 잃기도 했다. 하지만 장기적으로 보았을 때 가장 큰 문제는 종교와 AE가 양립할 수 없다는 데 있었다. 한 기업이 만든 인공적인 천국과 영생은 종교와 배치될 수밖에 없었다. 따라서 종교는 늘 AE를 반대하는 세력의 최전선에 섰고, AE는 교리주의를 풍자하고 우롱하는 이미지를 마케팅의 기저에 깔았다. 그건 그들 나름의 전쟁이었다. 평소에도 유즈키 씨와 오카베를 도왔던 신부라면 이런 상황에서는 더욱 든든한 조력자가 되어줄 터였다.

"그렇다면 다행이네요. 제가 유즈키 씨의 냉각 캡슐만 잘 처리한다면 아무 문제 없겠지만 혹시 모르니 한동안은 숨어 있도록 해요."

우리는 비품실로 돌아가 그와 유즈키 씨를 묶은 벨트를 제외한 물건들을 제자리에 정리했다. 비상구로 향하는 복도를 따라 걸으며 주위를 살피자 곳곳에서 아까 의식하지 못했던 CCTV들이 눈에 들어왔다. 오늘 일만 깔끔히 뒤

처리한다면 누군가 CCTV 기록을 돌려 볼 일은 없겠지만… 그렇다고 해도 등골이 서늘할 만큼의 수였다. 사각지대조차도 거의 없는 듯했다.

나는 오카베를 돌아봤다. 완전히 캄캄한 곳에선 잘 알 수 없었지만, 야간등이 희미하게 비추는 중앙 복도에선 그가 업고 있는 유즈키 씨의 몸이 눈에 띄었다. 이곳 CCTV들은 그렇다 쳐도 지상으로 나간 후도 생각해야 했다. 나는 외투를 벗어 바닥에 깔았다.

"일단 유즈키 씨 내려놓고 조금 쉬고 있어요. 비품실에서 뭔가 덮을 거라도 좀 찾아서 가져올게요."

나는 빠른 걸음으로 비품실로 들어갔다. 휴대폰 조명으로 이곳저곳 비추며 살펴보자 선반 뒤쪽 상자 안에 포장된 담요가 보였다. 두 장쯤 두르면 무인 택시를 잡을 때까진 괜찮을 것 같았다. 급히 비닐 포장을 뜯고 복도로 들고 나와 모퉁이를 돌았을 때 나는 멈춰 섰다.

낯선 불빛이었다. 밤새 우리가 보는 공간을 밝혀주었던 헤드랜턴보다 훨씬 강하고 멀리 뻗어 나가는 빛. 눈이 익숙해지자 광원 뒤편에서 푸른 모자를 쓴 거대한 체구가 드러났다. 심장이 덜컥 내려앉았다. 경비원이었다. 그는 바닥에 움츠리고 앉은 오카베를 커다란 손전등으로 비추고 있었다.

"얼굴 들어. 이쪽 봐."

오카베가 고개를 들었다. 경비원은 이번엔 유즈키 씨에게 불빛을 비췄다. 그리고 줄곧 허리춤에 가 있던 한 손을 들어 올렸다. 순간 소음과 섬광이 복도를 메웠다. 나도 모르게 귀를 감쌌던 손을 천천히 내렸다. 시야가 다시 또렷해졌을 때 나는 바닥에 쓰러져 있는 오카베를 볼 수 있었다. 이마에서 어두운 액체가 흘러나와 바닥을 적시고 있었다.

나는 경비원을 멍하니 바라봤다. 눈앞에서 터진 섬광에 그도 타격을 받았는지 눈가를 가린 채 신음하고 있었다. 총구에서부터 흩어지고 있는 어렴풋한 연기가 야간등에 비쳐 벽면에 물결 같은 그림자를 만들어 냈다. 몸이 굳어 움직이지 않았다. 경비원이 신음을 길게 내뱉으며 서서히 허리를 폈다. 몇 번인가 털듯이 고개를 저은 그는 쓰러진 오카베의 모습을 바라보다가 서서히 고개를 들었다.

나는 천천히 눈을 깜빡였다. 어두웠고 거리도 있었지만, 나는 본능적으로 그와 시선이 뒤얽혔음을 직감했다. 그가 총으로 나를 겨눈 채 앞으로 발을 내디뎠다. 두 동공이 번뜩였다. 막 살인을 행한 인간의 광기가 맴돌고 있었다.

"손 들고 이쪽으로 걸어 나와."

나는 그의 지시대로 천천히 손을 들어 올렸다. 심장이 조여들었다. 경비원과의 거리는 10미터 남짓. 움직이려면, 지금이어야 했다. 종아리 근육이 긴장했다. 숨을 들이

마셨다.

그때 복도 전체가 폭발하듯 뒤흔들렸다.

중심을 잃고 바닥에 엉덩방아를 찧었다. 급히 고개를 들었을 때 눈에 들어온 건 철제 구조물이었다. 그게 뭔지 깨닫기까지는 오래 걸리지 않았다. 방화 셔터였다. 지하에서 화재를 대비해 복도 전체를 차단하도록 설계된 셔터. 나는 자리에서 일어나 엉거주춤 셔터를 향해 걸어갔다. 바닥까지 완전히 닫히지 못한 셔터 밑에서, 총을 쥔 손이 튀어나와 있었다. 시퍼렇다 못해 보랏빛으로 뒤틀린 힘줄. 짓눌러 터져 나온 피. 아직 살아 있을지 모른다는 생각에 나도 모르게 바닥에 떨어진 총을 쥐었다. 경비원의 손은 움직이지 않았다. 나는 뒷걸음쳤다. 대체 무슨 일이 일어난 걸까. 어째서 셔터가 작동한 걸까. 이해할 수 없었다. 복도 모서리의 CCTV를 쳐다봤다. 일순, 카메라가 각도를 비틀어 나를 향해 움직인 듯한 느낌이 들었다. 마치 눈을 마주치듯이.

일단 이곳을 떠나야겠다는 생각이 급히 머리를 스쳤다. 하지만 어디로? 앞은 막다른 길이었다. 지상층으로 이어지는 승강기나 오카베와 함께 들어온 비상구도 모두 방화 셔터 건너편에 있었다. 그때 복도 끝에 있는 조명 하나가 깜빡거렸다. 마치 차량의 방향 지시등처럼 느리고 규칙적인 점멸이었다. 천천히 그쪽으로 다가서자 열린 문이 보였다. 보일러실이었다. 안으로 들어가자 천장에 불이 들어왔다. 그 바로 아래에 환풍구가 달려 있었다. 구부러진 보일러의 배관을 밟고 올라가면 닿을 만한 높이였다. 천천히 배관을 향해 손을 뻗었다가 그제야 내가 아직도 총을 쥐고 있다는 사실을 깨달았다. 머뭇거리며 고개를 돌렸다. 다시 그 자리로 돌아간다는 생각만으로도 몸서리가 쳐졌다.

그때 주머니에서 휴대폰이 울렸다. 액정 위에 하라바야시 가스미의 이름이 떠 있었다. 나는 총을 주머니에 넣고, 떨리는 손으로 무선 이어폰을 귀에 꽂은 후 전화를 받았다.

"웨이쉬안 씨? 괜찮나요?"

하라바야시 가스미의 목소리를 듣자 힘이 풀려 벽을 짚었다.

"저는 괜찮아요. 그것보단 오카베 씨가….""

"지금 지하 6층 보일러실인가요?"

"그걸 어떻게….""

나는 넋이 나간 채 전등을 올려다봤다.

"이거 지금 가스미 씨가 한 건가요?"

"뭔지는 잘 모르겠지만 아니에요. 저도 지금 지시를 받는 쪽이에요."

"누구한테서요?"

"그것도 모르겠어요. 하지만 지금 웨이쉬안 씨가 있는

위치와 지도를 받았어요. 본관 지하 구역 환풍구 설계도
도요."

나는 숨을 삼켰다. 모든 걸 지켜보고 있는 정체불명의
누군가로부터 온 연락. 전화 너머에서 하라바야시 가스미
가 혼란스러운 목소리로 말했다.

"지금 무슨 일이 일어나고 있는지 모르겠어요. 거기만이
아니라 AE 시설이 전부 다운됐어요. 연락을 돌려봤는데
셔틀도 멈췄고 네트워크도 먹통이래요. 우선은 거기서 빠
져나와요. 제가 길을 알려줄게요."

"일단 알겠어요."

보일러 배관을 밟고 올라가 환풍구 덮개를 뜯어내고 안
으로 몸을 밀어 넣자 보일러실의 조명이 꺼졌다. 완전한
어둠이 환풍구를 역류하며 나를 집어삼켰다. 이상한 기분
에 휩싸였다. 내 움직임이 멈췄다는 걸 알아챘는지 하라바
야시 가스미가 이어폰 너머에서 나를 불렀다. 나는 조용히
이어폰을 귀에서 뽑아낸 후 몸을 돌려 내가 기어들어 온
구멍 너머 어둠을 응시했다.

"페이? 너야?"

그럴 리 없다는 걸 알면서도 숨을 죽이고 청각을 곤두세
웠다. 돌아오는 응답은 없었다. 두어 번 메아리친 내 목소
리가 환풍구 너머로 사라진 후에는 정적만 남았다.

*

배수구에 침을 뱉고 샤워기를 잠갔다. 피부에서 여전히 희미하게 냉각 가스 냄새가 나는 듯했다. 벽에 이마를 대고 기댔다. 나는 이제 어떻게 되는 걸까. 기숙사로 돌아온 게 옳은 선택이었던 걸까.

김 서린 샤워부스를 닦아내자 하얀 타일 벽에 걸린 시계가 보였다. 출근 시간은 이미 한참 전에 지났지만 대기 지시가 길어지고 있었다. 아직도 다운된 서버가 완전히 복구되지 않은 모양이었다. 침대로 가 베개 옆에 놓여 있는 휴대폰을 주워 들었다. 리엔 선배로부터 평소에 쓰는 사내 메신저가 아닌 일반 통신사 메시지가 와 있었다. 천천히 터치해서 메시지를 열었다. 잠을 자지 못해서일까. 손끝 감각이 둔했다.

'어젠 어떻게 된 거야? 기다렸는데. 그리고 휴가는 또 언제 냈어. 오늘분은 철회하고 다른 날 쓰든가 미뤄서 쓰든가 해. 그러라고 공지 돌리라더라.'

정신을 차려 생각해 봤다. 휴가. 휴가를 냈다고? 내가? 출근부 화면을 누르자 얼마간 로딩 끝에 프로그램이 열렸다. 선배 말대로 오늘 날짜에 연가 표시가 되어 있었다. 모레까지였다. 사흘간의 휴가. 그럴 리가 없었다. 그보다 출근하지 않으면 유즈키 씨의 빈 냉각 캡슐은 어떻게 처리하지. 하지만 오카베와 유즈키 씨를 지하에 남겨두고 온 시점에서는 이미….

인터폰 벨이 울렸다. 현관문을 열자 흰 가운 대신 후드 점퍼를 뒤집어쓴 하라바야시 가스미가 문턱을 넘어 들어왔다. 그녀는 재빨리 문을 닫고 들어와선 나를 쳐다봤다.

"여기에 와도 괜찮나요? 언제 누가 들이닥칠지 모르는데."

"아니에요. 여긴 아무도 안 올 거예요."

그녀가 후드를 벗으며 말했다.

"그걸 어떻게."

"앉아도 될까요?"

창고에서 손님용 의자를 꺼내 내어주자, 하라바야시 가스미는 쓰러지듯 털썩 자리에 앉았다. 자세히 보니 눈 밑이 새카맸다. 어쩌면 지난밤을 더 길고 끔찍하게 느낀 건 당사자인 나보다 소식 모르고 기다릴 수밖에 없었던 그녀였는지도 몰랐다. 나는 커피를 데워 그녀에게 가져다줬다. 하라바야시 가스미는 커피를 한 모금 마시고 몸에 도는 카페인을 느끼려는 듯 눈을 감은 채 깊이 호흡했다.

"아쉽지만 오카베와 유즈키가 어떻게 되었는지 알아보는 건 실패했어요. 그 경비원도 마찬가지고요."

나는 두 손으로 커피잔을 감싼 채 입술을 깨물었다.

"AE 쪽에서 벌써 은폐한 걸까요?"

"AE도 그럴 겨를은 없었을 거예요. 시설팀에 아는 사람이 있어 넌지시 물어봤는데, EST 서버 자체가 다운됐대요. 해킹 때문이에요."

하라바야시 가스미가 이마를 문질렀다.

"서버가 부분적으로 다운되기 시작한 건 11시쯤부터였던 모양이에요. 그 탓에 그 시간 이후에 일정 보안 등급 이하의 데이터들은 모두 사라졌대요. 저쪽에서 그런 정보가 필요해서 잘라 간 건지, 이유가 있어 지우기만 한 건지는 알 수 없지만요."

"그런가요?"

나는 멍한 얼굴로 하라바야시 가스미를 쳐다봤다. 그녀는 시선을 내린 채 잠시 심호흡했다.

"웨이쉬안 씨는 이것들을 다 모르고 있었던 거죠?"

"이것들이라면 지금 이 AE 기술적인 상황에 대해서 말하는 건가요? 전혀요. 솔직히 지금도 뭘 이해한 건지 모르겠어요."

"그러면 정말 그냥 우연인가요?"

비로소 나는 그녀가 왜 그런 것들을 묻는지 알 것 같았다. 너무나 정확한 타이밍에 내려간 방화 셔터. 그녀에게 전달된 자료들. 우연이라 말하기에 무리가 있었다. 짐작이 가기는 했다. 하지만⋯ 그걸 설명하는 건 또 다른 문제였다. 내가 침묵하자 그녀가 먼저 입을 열었다.

"좀 전에 말한 일정 보안 등급 이하의 데이터라는 건 기록을 말하는 거예요. CCTV, 출입 기록, 네트워크 기록… 다시 말해, 어제 웨이쉬안 씨와 오카베가 움직인 흔적은 아무것도 남지 않았어요. 데이터상으로는요."

넋이 나가 창밖으로 눈을 돌렸다. 그렇다면 내가 안전하다는 말로 받아들여도 되는 걸까. 안전. 쓰러져 있던 오카베의 마지막 모습이 떠올랐다. 안전이라니. 나 혼자. 하라바야시 가스미가 석연치 않은 듯 입을 열었다.

"하지만 해킹이 성공한 거에 비하면 이렇다 할 활동이 없어요. 본관의 거대한 데이터센터 보안을 돌파한 거라면 엄청난 규모의 공격이었을 텐데 갑자기 그냥 몸을 빼듯 사라져 버렸어요. 왜일까요?"

하라바야시 가스미가 자신의 휴대폰을 꺼내 탁자 위에 올려놓고 나를 바라봤다.

"어제 그 연락, 그 데이터들 말이에요. 웨이쉬안 씨가 환풍구에서 빠져나오자마자 사라졌어요. 기록도 없고 파일이 삭제된 로그도 남지 않았어요. 그건 대체 뭐였죠?"

"저도 그게 뭔지는 잘…."

나는 말끝을 흐렸다. 그건 정확하지는 않은 말이었다. 숨을 들이쉬고 문장을 새로 시작했다.

"아니, 딱 하나 짚이는 부분은 있는데 그 이유를 모르겠어요."

"뭔데요?"

나는 잠시 입을 오므리고 하라바야시 가스미를 바라봤다. 그녀도 잠자코 내 말을 기다렸다. 페이도 그때 이런 기분이었을까.

"신이에요."

"신….."

하라바야시 가스미가 태어나서 처음 듣는 언어를 발음하듯 웅얼거렸다.

"초기 정신 전산화 개발 중 네트워크로 흘러들어 간 개발자 중 한 명의 인격 데이터라고 해요. 그게 사실인지 어떤 원리인지 그런 건 저도 몰라요. 이것도 그냥 짐작이고요."

"하지만 그렇게 짐작한 근거가 있는 거군요."

나는 입술을 깨물었다. 여기까지 온 이상 아주 조그만 것이라도 그녀에게 숨기는 건 의미가 없다는 생각이 들었다.

"페이가 그 신과 만난 적이 있어요. 게다가 그 신에 대해 뭔가 알고 있었어요. 결정적인 것을. 그리고 그걸 두고 협상을 했던 것 같아요."

하라바야시 가스미가 놀라서 커피잔을 입가에 가져가다가 멈췄다. 그녀는 생각에 잠긴 듯 눈썹을 찌푸린 채 한동안 굳어 있다가 숨을 길게 내뱉었다.

"그건 아무래도 지금 우리로서는 더 알 수 없는 영역인 것 같네요. 그래도 혹시나 뭔가 더 알게 된다면….”

“네, 꼭 가스미 씨에게 알릴게요. 약속해요.”

그녀가 조금 의외인 듯 나를 바라봤다. 그리고 아주 희미하게 입꼬리를 올렸다.

“고마워요. 저도 오카베와 유즈키에 대해 뭔가 알아내게 되면 곧장 연락할게요.”

나는 고개를 끄덕였다. 그러다 가장 중요한 걸 잊고 있었다는 걸 깨달아 자리에서 일어나려는 하라바야시 가스미를 불러 세웠다.

“유즈키 씨의 몸에 저항한 흔적이 있었어요. AE에 강제로 입주당한 게 사실인 것 같아요.”

하라바야시 가스미는 잠시 눈을 꾹 감고는 천천히 고개를 끄덕였다.

“그렇군요.”

“놀라지 않네요?”

“지금은 그것보다는….”

그녀가 힘없이 말했다.

“오카베가 무의미하게 죽은 게 아니라 다행이라는 생각이 들어서요.”

“그렇네요.”

나는 천천히 잔을 들어 커피를 마시고 하라바야시 가스미를 바라봤다. 그녀도 평소대로 담담한 얼굴로 가만히 나를 마주 보았다. 웃지도 놀라지도 않는, 분노하지도 침울해지지도 않는 얼굴. 어쩌면 나의 얼굴도 그럴지도 몰랐다.

몇 번을 겪든 절대 무감각해질 수 없는 일들이 있다고 확신하던 때가 있었다. 하지만 지금 와서 생각해 보면 우리는 그런 말뿐인 다짐 뒤에서 타인의 죽음에 조금씩, 하지만 분명히 둔감해졌다. 에피네프가 등장하고 열 달간 전 세계에서 네 명 중 한 명이 죽었다. 4인 가족이라면 그중 하나. 여덟 명 친구 모임이라면 그중 두 명. 마흔 명으로 이루어진 학급에선 열 명이 사라졌다. 이제 누군가의 죽음이란 반드시 울거나 오랫동안 슬퍼해야만 할 일이 아니었다. 죽음의 의미나 그 무게가 달라져서가 아니었다. 달라진 건 우리였다. 그렇게 변한 우리가 할 수 있는 건 오카베의 죽음에 의미를 찾아주는 일 말곤 없었다.

"그러고 보니 오카베 씨가 기도원 얘기를 했어요."

현관에서 신발을 신는 하라바야시 가스미를 바라보며 내가 말했다. 그녀는 허리를 펴고 후드를 도로 머리에 쓰며 나를 바라봤다.

"네, 저도 들었어요. 황 신부 말이죠."

"아는 사람인가요?"

"꽤 유명해요."

하라바야시 가스미가 목을 가다듬으며 말했다.

"그 기도원은 단순한 종교 시설이 아니거든요. AE와 위치적으로 가장 가까운 곳에 있다 보니, 뭐라고 할까, 가톨릭교회의 전방 초소 같은 곳이죠. 황 신부는 거기 원장이고요."

"오카베 씨를 도운 것도 그래서군요."

"조만간 한번 찾아가 볼 생각이에요."

하라바야시 가스미가 겉옷 주머니에 손을 넣으며 말했다.

"원래는 별로 엮일 생각은 없었지만, 상황이 이렇게 됐으니까요. 오카베와 유즈키도 관련 있다고 하니 만약 AE가 오늘 일을 조사하려 한다면 도와줄 사람이 필요할지도 모르죠."

"AE가 조사를 할까요?"

"아마 공론화하지 않는 선에서요."

하라바야시 가스미가 작게 하품을 하며 기지개를 켰다.

"오늘 저녁쯤이면 시스템은 다 복구되겠지만… 휴가를 썼다고 했죠? 그러면 오늘분만 철회하고 내일은 그냥 쉬어요. 유즈키의 캡슐은 그냥 다른 사람이 발견하도록 두세요. AE 쪽에서도 어느 정도는 주시하고 있을 테니 부서로부터 잠시 거리를 좀 두는 게 나을 것 같아요."

"그렇게 할게요."

내가 긴장된 목소리로 말하자, 그녀가 안심시키려는 듯 부드러운 표정을 지었다.

"너무 걱정하지 마세요. 경비원이 민간인에게 총기를 발포한 사건에 비하면, 반송체를 무단으로 반출하려 했다는 것 정도는 별로 대단한 일도 아니니까요. 조사를 한다 해도 오카베와 유즈키 신원을 조회해 보고 웬만해선 개인 관계에서 벌어진 사고였다고 결론지을 가능성이 커요. AE 쪽에서도 일을 키워 좋을 건 없으니까요."

나는 고개를 끄덕였다.

"그러면 기도원에는 내일 제가 가볼게요. 기왕 휴가도 썼으니까요."

"괜찮겠어요?"

"네. 혹시 모를 일에 대비하는 거라면 하루라도 빨리 얘기를 통해두는 게 낫겠죠. 그리고 어쨌든… 오카베 씨의 마지막은 제가 보기도 했고요."

하라바야시 가스미는 잠시 턱을 만지며 생각하다가 고개를 끄덕였다.

"그러면 부탁할게요. 그리고…."

하라바야시 가스미는 잊고 있었다는 듯 의자에 걸쳐둔 내 작업복 주머니에서 경비원의 권총을 꺼냈다.

"이건 제가 잘 숨겨둘게요. 방 안에 둬봐야 골칫거리일 테니까요."

"그래주시면 고맙죠."

"그리고 참, 하나 더. 초콜릿 고마워요."

하라바야시 가스미가 한결 부드러운 표정으로 말했다.

"그게 없었으면 밤새 말라죽어 버렸을 거예요."

하라바야시 가스미가 떠난 후, 나는 침대에 누워 휴대폰으로 AE 직원들의 익명 커뮤니티에 접속했다. 역시나 평소보다 많은 게시물이 올라와 있었다. 스크롤을 쭉 내려봤다. 갑작스러운 휴가를 두고 한동안 시끄러웠던 모양이지만, 오카베와 유즈키 씨, 그리고 방화 셔터의 오작동에 대한 이야기는 당연히도 찾아볼 수 없었다. 스크롤을 더 내려보았다. 간혹 이번 사태가 디도스 공격 때문은 아닌지 의심하는 게시물들도 전혀 없는 것은 아니었다. 하지만 이어지는 댓글 창에는 비웃거나 빈정거리는 말뿐이었다. 몸을 뒤집으며 휴대폰을 내려놓았다. 천장을 바라보며 한동안 누워 있었지만 잠이 오지 않았다.

7장

휴대폰으로 시계를 봤다. 정오가 되기 20분 전. 유즈키 씨의 빈 냉각 캡슐이 누군가의 손에 떨어지긴 했을 시각이었다. 어떻게 됐을까. 소동이 일어났을까. 반송체 관리 부서에서 3년간 일했지만 빈 캡슐이 내려온 걸 본 적은 없었다. 리엔 선배에게 아무렇지 않은 듯이 연락을 해볼까 하다가, 휴가 기간 동안은 부서와 거리를 두는 게 좋으리란 하라바야시 가스미의 말이 떠올라 그만두었다.

지하철이 덜컹거리자 내 몸도 흔들렸다. 휴대폰 지도를 열고 어제 찾아봤던 기도원의 위치를 다시 한번 확인했다. 서부선. 37번. 시선을 들어 노선표를 봤다. 돌이켜 보니 서쪽으로 향하는 노선은 꽤 오랜만이었다.

서쪽에는 한때 근방의 중심지였던 구시가지가 있었다. 구시가지는 근 100년 가까이 주위 자원과 인력을 뿌리째 빨아들이며 성장해 왔지만, 현재는 위세를 잃고 저물어 가는 구역이었다. 요인은 복합적이지만, 가장 큰 지분을 차지하는 건 AE의 등장이었다.

AE로 지역 경제가 이동하리란 건 직원 모집 때부터 예고된 일이었다. 웬만한 소도시 인구규모일 뿐 아니라 연령대도 평균적으로 낮아 빠르게 새로운 상권이 형성되었다. 하지만 그보다 부가 가치가 높은 수입원이 따로 있었으니 입주를 위해 찾아오는 고객들이었다. 순번을 기다리며 근방에서 며칠간 머물러야 하는 그들은, 말하자면 현실에서의 마지막 소비를 절제할 이유가 없는 사람들이었다. 성수기와 비수기가 따로 있는 한철 장사도 아니었다. 한 명이 빠지면 바로 한 명이 들어왔고, 열 명이 빠지면 스무 명이 먼저 들어오겠다고 아우성을 쳤다. 과소비와 낭비로 주위는 흥성거렸다. 반면 구시가지는 계속 쇠퇴할 따름이었다.

열차가 천천히 정차했다. 스피커에서 안내 방송이 흘러나왔다. 3분 후 열차가 지상으로 부상할 예정이니 고지대 이동에 공포심을 느끼는 질환자나 심약자는 외부 창이 설치되지 않은 중앙 열차 칸으로 이동하라는 내용이었다. 나는 차창에 시선을 고정했다. 잠시 후 크고 묵직한 구동음이 들리더니 차창의 상단부에 빛이 희미하게 고였다. 지상으로 향하는 승강로의 입구가 열린 것이었다. 이윽고 열차가 진동하며 몸이 붕 떠오르는 느낌이 들었다. 햇빛이 서서히 내부로 퍼지기 시작했다. 사위가 밝아지며 창 너머로 지상이 모습을 드러냈다.

한참 올라온 열차가 다시 한번 요동쳤다. 그리고 구시가지를 통과하는 고가 레일 위로 천천히 나아가기 시작했다. 나는 창밖으로 지나가는 풍경을 바라봤다. 지금까지도 근대 원료를 사용하고 있음을 보여주는 매연과 외벽 곳곳에 묻어 있는 그을음. 푸른 세라믹 유리로 겉면을 코팅한 고층 빌딩. 음산하게 콘크리트 뼈대만 남은 건물. 거대한 광고 스크린 옆 낡은 플래카드와 네온등 간판. 1년 전만 해도 페이를 만나러 가던 길에 지나치곤 했던 풍경 그대로였다. 감상에 잠길 틈도 없이 열차가 서서히 속력을 줄였다. 내려야 할 정차역이었다.

*

기도원이 있는 언덕에는 눈이 쌓여 있었다. 계단을 천천히 디디며 숨을 골랐다. 축축해진 마스크를 내리고 숨을 쉬자 입김이 나왔다.

소매로 입가를 닦으며 뒤돌아 구시가지 쪽을 바라봤다. 멀리 비죽비죽 솟아난 건물들이 겨울 안개 속에서 어렴풋이 빛났다. 몸을 숙여 바닥에 쌓인 눈을 손가락으로 훑어 보았다. 장갑을 낀 손가락 끝이 시릿했다. 오카베는 유즈키 씨를 업은 채 이런 곳까지 올라올 생각이었던 건가.

손을 털고 기도원 입구로 향했다. 이름만 듣고는 수백 명을 수용할 수 있는 거대한 생활공간을 상상했지만, 실제로 보니 약간의 숙박 시설을 갖춘 조그만 성당 정도의 모습이었다. 대문 옆에 달린 인터폰을 누르니 중년 여성의 목소리가 응답했다. 나는 인터폰에 얼굴을 가까이 한 채 말했다.

"오카베 아키라 씨와 사토 유즈키 씨 일로 왔습니다. 황 신부님을 만나 뵙고 싶습니다."

잠시 침묵이 이어지다가 대문이 조금 열렸다. 조심스레 틈으로 몸을 비집고 들어가자 대여섯 그루의 전나무와 빈 화분이 곳곳에 산재한 정원이 나왔다. 돌을 거칠게 깎아 만든 발판을 따라 걸음을 옮겼다. 본당에 다다르니 잿빛 베일을 쓴 수녀님이 나무 문을 밀며 나왔다. 그녀는 나를 천천히 훑어보았다.

"따라오세요."

수녀님은 앞장서 본당 안으로 들어갔다. 안팎 공기는 온도 차가 거의 없었지만, 문턱을 넘자마자 무언가 타고 남은 듯한 매큼한 냄새가 훅 끼쳐 왔다.

우리는 입구에서 꺾어 계단을 올랐다. 2층 복도는 발코

니식이어서 난간 아래로 예배당이 내려다보였다. 수녀님은 복도의 세 번째 문 앞에서 걸음을 멈추고 노크했다.

"신부님?"

응답이 없었다. 난처한 기분으로 목덜미를 긁적이는데, 복도 저편에서 흰 로브를 걸친 남자의 모습이 눈에 들어왔다. 말레이인 인상이 뚜렷한 20대 후반 즈음의 남자였다. 그는 복도 중앙에 있는 성모상을 깨끗한 천으로 닦아내고 있었다. 아주 정성스러운 손길이었다.

수녀가 손을 들어 부르자, 그는 조금 자세를 낮춘 채 빠른 걸음으로 다가왔다.

"황 신부님은 부재중이신가요?"

그가 고개를 끄덕이더니 내 얼굴을 바라봤다.

"들어가 기다리시겠습니까? 시간은 괜찮으십니까?"

"아, 그러겠습니다. 신부님."

내 말에 그가 당황한 듯 웃었다.

"저는 그냥 부제입니다. 그냥 폴이라고 불러주시면 충분합니다."

사제실 안으로 들어가 폴 씨가 권한 대로 자리에 앉았다. 잠시 기다리자 그가 차를 내왔다. 그는 쟁반을 든 채 잠시 나를 지켜보며 불쑥 말했다.

"AE에서 오셨습니까?"

나는 그를 쳐다봤다. 그의 시선이 내가 벗어놓은 AE 보급품 장갑을 향해 있었다. 그렇긴 하다고 내가 말끝을 흐리자, 그가 특유의 오랜 시간 단련한 듯한 빈틈없는 미소를 지었다.

"제가 황 신부님께 다시 연락드려 보겠습니다. 조금 기다려 주십시오."

그는 소리 없이 방문을 닫고 나갔다.

나는 자리에 앉아 천천히 차를 마셨다. 난방은 하지 않은 것 같지만, 1층과 달리 창으로 들어오는 햇살 때문에 그리 춥게 느껴지진 않았다. 방 안에서는 습기를 머금은 나무 향이 났다. 건물 전체가 목재로 이루어진 탓인 듯했다. 찻잔을 내려놓고 소파 등받이에 기댔다. 손님용인 듯 보이는 2인용 소파는 조금 낡았지만 편안했다. 천장을 바라보며 눈꺼풀을 천천히 움직였다. 건물은 매우 조용했다. 벽이 얇고 소리도 퍼지기도 쉬운 구조 같은데, 주위에선 어떤 생활소음이나 인기척도 들리지 않았다. 가끔 바람에 창틀이 달그락댈 뿐이었다. 그러고 있자니 곤란하게도 졸음이 쏟아졌다. 뒤통수가 무거워져 소파에 머리를 기대고 눈을 감았다.

눈을 떴을 때, 나는 보관소에 있었다. 천천히 고개를 돌렸다. 내 옆으로 나선형 컨베이어 벨트가 이어져 있었다. 내 손목에 붙어 있는 익숙한 종이 태그를 알아챘다. 나는 아무것도 입지 않고 있었다. 갑자기 느껴진 한기에 어깨를 양팔로 감싸며 몸을 일으켰다. 그제야 나는, 내가 앉아 있는 곳이 덮개가 열린 냉각 캡슐 안이라는 사실을 깨달았다. 내 옆으로 늘어서 있는 냉각 캡슐들도 전부 덮개가 열려 있었다. 몸을 일으켜 옆에 있는 냉각 캡슐을 들여다봤다. 숨이 멎을 듯했다. 그곳엔 페이가 있었다. 그 옆에도, 그 옆에도 전부, 똑같은 모습으로 페이의 반송체가 누워 있었다. 나는 어느새 그 페이의 몸들 위를 기어 나선 컨베이어를 올라가고 있었다. 수십 수백 수천 명의 페이를 지나 컨베이어의 정상에 도착했을 때 나는 멈췄다. 맨 마지막 냉각 캡슐. 그 안에 누워 있는 건 페이가 아니라… 하라바야시 가스미였다.

잠에서 깨어났을 땐 주위가 이미 어두컴컴해져 있었다. 손수건을 꺼내 이마를 훔쳤다. 옷 속으로 손을 넣어 팔과 등에서 배어 나온 식은땀을 닦아냈다. 한기에 몸이 떨렸다. 이마에 손을 얹자 미열이 느껴졌다. 안구가 뜨거웠다. 손등으로 눈꺼풀을 잠시 누르고 있었는데 돌연 몸이 오싹해졌다. 고개를 들자 시야에는 초상화 한 점이 걸려 있었다. 창문 블라인드에 걸친 달빛의 그림자로 인해 초상화 속 인물의 얼굴은 앙다문 입과 턱밖에 보이지 않았다. 처음 방에 들어왔을 때는 신경 쓰지 못했는데… 왠지 가슴이 서늘해졌다. 그림이라는 걸 알고도 왠지 방심한 사이 오랫동안 누군가에게 관찰당하고 있었던 것만 같은 기분이었다. 자리에서 일어나 그 초상화를 향해 한 걸음 다가 갔다.

"실례합니다."

노크 소리에 발을 멈췄다. 폴 씨의 목소리였다. 한 손에 촛대를 든 그가 안으로 들어왔다. 폴 씨는 촛불 빛을 받아 붉게 물든 얼굴로 반가운 미소를 지었다.

"아, 일어나셨습니까. 요 며칠 고되셨나 봅니다. 우리 기도원에선 연초에 한 번씩 밤을 새워 기도를 드리는데, 그게 끝난 후의 신도분들 같은 얼굴이셔서 차마 깨우기가 힘들었습니다."

내가 이마를 짚으며 지난 며칠간 잠을 잘 자지 못했다고 말하자, 그가 불이 꺼지지 않게 주의하며 맞은편 자리에 앉았다.

"오래 기다리시게 해서 죄송합니다. 신부님께서도 며칠 동안 보고를 기다리셨는데, 원치 않게 좀 늦어지는 모양입니다."

보고? 나는 고개를 갸웃했다. 유즈키 씨가 이곳의 신자였다는 건 들어 알고 있었지만… 오카베도 AE로 들어오기 전에 미리 해놓은 말이 있었던 걸까. 나는 시선을 내리고 조심스럽게 입을 뗐다.

"아, 상황을 알고 계셨다면 이야기가 빠르겠네요. 실은 오카베 씨가 보관소를 빠져나오던 중에… 사고를 당했습니다."

"돌아가셨군요."

시선을 들었다. 폴 씨의 표정은 목소리만큼이나 냉정했다. 나는 당황했다. 좀 전에 마리아상을 정성스럽게 닦고 쑥스럽게 웃던 모습과는 극명히 다른 얼굴이었다. 나는 말을 더듬었다.

"혹시 알고 계셨나요?"

그가 의아한 듯 미간을 좁히며 고개를 기울였다.

"처음 계획에서 급하게 틀어지긴 했지만, 신부님께서 그렇게 수습하라고 지시하신 거 아닙니까?"

"무슨 말씀을 하시는 거죠? 계획… 지시라고요? 오카베 씨가 죽는 게 어떻게…."

"예?"

순간, 폴 씨의 얼굴에서 당혹감이 떠올랐다. 나보다는 한 박자 늦었지만, 그도 무언가 착오가 있었다는 걸 깨달은 듯했다. 그가 엉거주춤 자리에서 몸을 일으켰다.

"AE에서 오신 분이라고 말씀하지 않으셨습니까?"

"맞아요. 오카베 씨의 부탁을 받고 동행하며 도움을 드렸죠."

"동행했다니…."

그가 목이 턱 막힌 듯 갈라진 소리를 냈다. 그리고 천천히 시선을 내렸다가 다시 나를 마주 보며 넋이 나간 얼굴로 중얼거렸다.

"잠시만요. 그러면 당신… 경비원이 아니라…."

경비원? 나는 그 단어를 발음한 폴 씨의 입을 응시하다가 자리에서 벌떡 일어났다. 불쑥 눈앞이 어두워지며 뒤통수에서 쪼개지는 듯한 통증이 솟았다. 그리고 그 순간 지난 하루 동안 끝없이 털어내려 했던 광경들, 거대한 골격과 불길한 표정, 기괴하게 일그러져 있는 손의 실핏줄, 오카베의 이마에서 흐르던 피, 방화 셔터에 깔려 보랏빛으로 뒤틀린 힘줄의 이미지가 휩쓸듯 밀려들었다. 불쑥 다가온 손이 비틀거리는 내 몸을 잡아당겼다. 폴 씨는 나를 부축해 세우고는 낮고 빠른 목소리로 말했다.

"잘 들으세요. 당장 여기서 나가셔야 합니다. 정문 반대쪽 복도를 따라가다 계단을 내려가서 예배당 뒤편으로 돌면 뒷마당으로 이어지는 문이 있습니다. 나가시면 울타리가 있지만 넘을 수 있을 높이입니다. 가다 누굴 만나도 쳐다보지 말고 곧장 뛰어가세요."

복도에서 종소리가 들렸다. 나는 숨을 길게 뱉어내며 가까스로 호흡을 되찾았다. 폴 씨는 내 어깨를 붙잡은 채 검지를 코앞에 세워 조용히 하라 신호하고는, 종소리가 복도 너머로 멀어지자 재빨리 고개를 끄덕였다. 나는 빠른 걸음으로 사제실의 문을 열고 밖으로 나갔다.

복도는 비어 있었다. 나는 폴 씨가 말한 대로 복도를 지나쳐 계단으로 내려갔다. 예배당 뒤편을 지나 1층 복도 끝에 다다르자 빗장이 내려간 나무 문이 있었다. 한 번 뒤를 돌아본 뒤 빗장을 열고 두 손으로 문을 밀었다. 녹슬어 빽빽한 경첩에서 요란한 소리가 났다. 숨을 죽였다. 다시 한 번 들이받듯 문을 밀자 벌컥 열렸다. 망설일 시간 없이 그 사이로 몸을 집어넣었다. 뒷마당은 정문 공간과 비교해 비좁았다. 폴 씨가 말한 울타리가 보였다. 나는 전속력으로 도움닫기해 울타리에 올라탔다. 손바닥이 쓸려나가는 듯한 통증이 느껴졌지만, 가까스로 참아내며 울타리 반대편으로 무게중심을 넘길 수 있었다. 눈앞에는 빽빽한 침엽수림 지대가 보였다. 나는 한참을 내달렸다. 눈밭으로 발은 푹푹 빠졌다. 얼마 지나지 않아 좁은 등산로가 보였다. 경사면을 내려가면서 황급히 휴대폰을 꺼냈다. 가쁘게 차오르는 숨 때문에 몇 번이고 헛손질하고 나서야 가까스로 통화 버튼을 누를 수 있었다. 대여섯 번의 발신음이 이어진 후, 하라바야시 가스미가 전화를 받았다.

"웨이쉬안 씨?"

"가스미 씨, 여기 이 사람들이 오카베 씨를 죽였어요. 처음부터 그럴 생각이었던 거예요."

"네?"

"신부예요."

나는 휴대폰을 얼굴에 바짝 붙였다.

"그 황 신부라는 사람이 어제 본관에 있는 경비원한테 보고받는다고 했어요. 그리고 또….."

거기까지 말하고 나는 숨을 삼켰다. 어둠이 드리운 등산로 반대편에서 움직이는 검은 물체를 본 것 같았다. 누군가 걸어 올라오고 있었다. 눈을 깜빡였다. 한 사람이 아니었다. 몸을 돌리려는 찰나 뒤에서도 멀찍이 눈밭을 헤집는 발소리들이 들렸다.

"웨이쉬안 씨? 웨이쉬안 씨는 괜찮은 거예요? 웨이쉬안 씨?"

나는 두 손으로 휴대폰을 감쌌다.

"가스미 씨, 여기에 오면 안 돼요. 알겠어요?"

나는 하라바야시 가스미의 다급한 목소리가 울리는 휴대폰을 귀에서 뗀 후 전원을 껐다. 그리고 힘껏 숲속으로 던져버렸다.

8장

　자동차 엔진이 꺼지며 찾아온 고요에 정신이 들었다. 축 늘어뜨리고 있던 고개를 들었지만 앞이 보이지 않았다. 머리에 씌워진 검은 천 모직에 어렴풋이 고여 있는 햇빛이 전부였다. 햇빛. 얼마나 시간이 지난 걸까. 하루? 이틀? 몸에 힘이 들어가지 않았다. 크게 숨을 들이마시자 입가에 축축해진 천이 달라붙었다. 공기 중엔 엔진 기름과 오래된 자동차의 가죽 시트 냄새가 뒤섞여 있었다. 목이 조이듯 답답했다. 천 주머니의 매듭에 목젖이 짓눌리는 느낌이었다. 몸을 비틀었다. 두 팔은 등 뒤로 묶여 있었다. 힘을 줘봤지만 쓸리는 통증과 함께 두툼한 밧줄의 장력만 느껴질 뿐 꿈쩍도 하지 않았다. 내가 몸을 들썩거리는 게 거슬렸는지 불쑥 다가온 커다란 손이 어깨를 짓눌렀다.

　미닫이문이 열리는 듯한 소리가 들리며 차체가 조금 요동쳤다. 승합차인가. 소리가 울리는 대략적인 공간감으로 보아 그런 듯했다. 하지만 더 생각할 겨를 없이 두 사람이 내 양쪽 팔을 잡고 나를 차 밖으로 끌어냈다. 추위에 몸을 떨었다. 나는 맨발이었고 옷도 내복 차림이나 다름없었다. 걸음을 뗄 때마다 눈을 밟은 발바닥에서부터 찌르는 통증이 올라왔다. 걸음이 느려지자 양쪽의 남자가 나를 거칠게 잡아끌었다. 나는 최대한 그들의 속도에 맞추기 위해 부지런히 다리를 움직이며 그나마 가용한 감각들로 주위를 살폈다. 나를 앞뒤로 둘러싸고 있는 대여섯 명의 묵직한 발소리. 옷자락이 부스럭대는 소리. 아마도 허연 입김을 뿜어내고 있을, 불규칙한 숨소리. 무엇 하나 가만히 울리지 않고 곧바로 흩어졌다. 인간의 건축물들로 둘러싸인 협소한 야외 공간은 아닌 듯했다. 허리를 펴고 고개를 높게 쳐들었다. 차가운 바람이 천 주머니에 스며들며 귓가를 스쳤다. 곧고 날카롭게 부는 바람을 뒤따라 나무의 잔가지들이 일렁이며 마찰하는 소리가 났다.

　오랫동안 경사진 눈길을 걸어 올라갔다. 실제로 고도가 올라가며 기온이 떨어지는지 몸에 스며드는 냉기가 더욱 매서워졌다. 어느 정도 지나자 주위의 발소리가 잦아들며 나를 이끌던 힘이 약해졌다. 잠시 숨을 고르려는데, 뒤에 서 있던 남자가 내 목을 잡고 거칠게 밀어붙였다. 넘어질 듯 비틀대자 몸이 단단한 원통형 물체에 닿았다. 돌로 된 커다란 기둥 같았다. 그들은 내 몸을 기둥에 묶어 고정했다. 가슴팍을 거칠게 조이는 통증에 나는 마른기침을 했다.

남자들이 나만 덩그러니 남겨두고 사라진 지 몇 분쯤 지났을까. 누군가 성큼 다가오는 기척에 의식이 또렷해졌다. 이곳으로 나를 데려왔던 이들의 단단한 군홧발과는 다르게, 눈의 알갱이를 부드럽게 바스러뜨리는 발소리였다. 그는 손을 뻗으면 닿을 거리에 멈추어 서서는 내 얼굴을 향해 미지근한 입김을 뿜어냈다.

"적도 부근 출신에게는 조금 심한 추위지요?"

딱딱한 코크니 억양. 나는 고개를 들었다. 모직 너머로 희미한 윤곽이 보였다. 키는 작지만 마치 군인처럼 곧은 자세였다. 어렵지 않게 짐작할 수 있었다. 기도원의 사제실에서 본 초상화 속 인물이었다. 내가 입술을 깨물고 침묵하자 황 신부가 높은 톤으로 뚝뚝 끊듯이 웃었다.

"제 발로 찾아와 주시다니 고맙군요. 오카베 군은 뭘 의심할 줄 모르는 사람이니 그러려니 해도, 당신들까지 이렇게 경솔할 줄은 몰랐네요."

"명색이 신부인데, 설마 살인을 사주하는 인간일 줄은 몰랐으니까요."

"직업에 걸맞은 행동이란 시대에 따라 바뀌는 법이니까

요."

신부가 불쾌함을 숨기려는 기색 없이 말했다.

"하물며 하찮은 염장이까지 나서서 세상을 걱정하는 시대라면 말이지요."

염장이라니. 아직도 그런 말을 사용하는 사람이 있나.

"오해하시는 것 같은데요. 저는 그냥 개인적으로 알고 싶은 정보가 겹쳐서 오카베 씨를 돕기로 했던 거지, 무슨 세상을 걱정하거나 그런 게···."

"거기까진 제 알 바가 아닙니다. 저희를 방해했다는 건 변함없으니까."

그가 딱 잘라 말했다. 나는 입술을 깨물었다.

"뭘 방해했다는 거죠? 오카베 씨를 죽이는 게 목적이었잖아요. 달성한 거 아닌가요?"

내 말에 신부가 헛웃음을 지었다.

"오카베 군을 없애서 우리한테 무슨 이득이 있다는 거지요?"

나는 멍하니 그의 윤곽을 바라봤다. 오카베가 목적이 아니었다면···. 계획이 틀어졌었다는 폴 씨의 말이 떠올랐다. 원래대로면 지하에서 나 대신 오카베의 옆에 있었어야 할 사람···.

"설마 처음부터 가스미 씨를···. 가스미 씨가 뭘 어쨌다는 거죠? 당신들에게 방해가 되는 것도 아니고··· 오히려 같은 편에 가깝지 않나요?"

"뭐, 그렇게 생각하는 주교들도 있긴 하지요."

그가 못마땅하다는 듯 짧고 분명하게 혀를 찼다.

"하지만 제 생각은 다릅니다. 그 여자가 작년에 만들고 자 했던⋯ 로밍셀이던가요? 그걸 보고 확신했지요. 그 프로젝트를 폐기한 AE 임원진이 그 여자의 속내를 몰랐을까요? 알면서도 놔둔 겁니다. 언젠가는 로밍셀 이상으로 자신들의 목표에 도움이 될 물건을 만들어 바칠 거라 본 거지요. 어차피 그 여자는 AE를 필요한 존재라 생각하니 자기 목표를 위해선 어느 정도 이용당해도 감수할 테니까요. 반면에 우리는 AE와 양립할 수 없습니다. 한쪽은 반드시 사라져야 하지요."

"그럼 당신들이 사라져 주시면 안 될까요?"

무심코 내뱉은 말에, 신부가 대꾸 없이 긴 한숨을 내쉬었다. 침묵이 이어졌다. 대화는 이걸로 끝인가. 몸을 비틀어 봤다. 냉기에 얼어붙어서인지 밧줄이 조금 전보다도 더 억세진 것 같았다. 숨을 몰아쉬며 몸에서 힘을 뺐다. 어떻게든 빠져나갈 방법은 없는 건가. 하다못해 이 천 주머니라도 벗을 수 있다면.

그때 무언가를 질질 끌며 다가오는 소리를 들은 듯했다. 신부가 되돌아온 건가. 고개를 들었다. 그러고는⋯ 한순간이었다. 밸브를 돌리는 듯한 날카로운 마찰음이 났고 물줄기가 내 얼굴을 후려쳤다. 나는 목과 명치, 얼굴을 사정 없이 때리는 수압 때문에 소리를 내지르며 본능적으로 온몸을 뒤틀었다. 쉴 틈 없이 쏟아지는 그 타격만으로도 뼈가 으스러지는 것 같았다. 하지만 통증은 그걸로 시작이었다. 부서진 물방울이 얼음처럼 차가운 칼날이 되어 피부를 사납게 물어뜯었다. 전신의 근육이 갈라지고 세포가 조각조각 찢어지는 것만 같았다. 비명은커녕 신음조차 목 아래 걸려 나오지 않았다.

정신을 잃기 직전, 비로소 물줄기가 약해졌다. 그러자 빙결점에 가까운 물을 한껏 빨아들인 옷이 피부에 달라붙은 채 순식간에 얼어붙었다. 더욱 날카로운 냉기가 온몸을 바느질하기 시작했다. 흠뻑 젖은 천이 코와 입에 달라붙은 채 공기를 막았다. 숨이 한계까지 달했을 때, 신부가 천을 쥐고 도려내어 숨 구멍을 뚫었다. 신부는 내 기침이 끝날 때까지 기다렸다가 비웃듯 말했다.

"뭔가 착각을 하고 계신 모양이네요. 제가 인내심이 부족해 당신의 이야기를 먼저 들어볼 생각으로 온 건 사실입니다. 하지만 겁도 없이 스스로의 목숨을 과대평가하는 건 별개의 일이지요. 당신은 그 여자를 내 앞으로 끌고 오는 데 사용되면 그만입니다. 딱히 살아 있을 필요가 없다는 뜻이지요."

나는 숨을 삼켰다. 목젖 아래에 칼날이 다가와 닿는 게

느껴졌다. 신부는 그대로 미동도 않고 잠시 나를 바라보는
듯하더니 입을 열었다.

"좋습니다. 한 가지 묻는 말에 답해준다면 당장 죽이는
건 봐드리지요. 결국 얼어 죽긴 하겠지만 목을 긋는 것보
단 나을 테니까요."

신부가 얼굴을 들이밀었는지 구취가 바짝 풍겼다. 그가
이어서 말했다.

"경비원을 방화 셔터로 뭉개 죽인 건 하라바야시 가스미
가 한 짓이겠지요? 보아하니 AE 서버를 해킹해서 벌인 일
같은데, 어떻게 한 건가요? 서버의 시설 통제 권한에 접근
하는 비밀 코드 같은 거라도 있는 건가요?"

"그건 가스미 씨가 한 일이 아니에요."

나는 얼어붙은 배에 힘을 주고 가까스로 짜내듯 발음했
다. 체온이 완전히 떨어졌는지 차츰 몸의 떨림이 멎었다.
나는 그를 향해 얼굴을 쳐들고 웃었다.

"신이 한 일이죠."

"신?"

그가 어떤 감정도 담기지 않은 목소리로 중얼댔다.

"신이라니. 그게 무슨 의미지?"

"말 그대로예요. 세상엔 당신네들의 신만 있는 게 아니
거든요."

한동안 침묵하던 신부가 긴 숨을 내뱉었다.

"그럼 그 신에게 구해달라 기도라도 해보시지요."

그 말을 마지막으로 신부는 떠났다. 나는 허리를 편 채 기둥에 머리를 기댔다. 통각이 마비되어서 이제 추위도 아픔도 느껴지지 않았다. 그저 조금 피곤했다. 바람이 불었다. 나는 눈을 감았다. 억지로 붙잡아 두고 있던 의식이 멀어지는 걸 느꼈다.

*

왼발 발가락이 따뜻해지는 느낌이 들어서 읽고 있던 잡지를 내려놓았다. 해가 넘어가며 파라솔의 그늘이 물러나 있었다. 나는 양발이 다 그늘 밖으로 나갔는데 왜 한쪽 발로만 햇볕을 느꼈는지 생각하다가 페이의 어깨를 흔들었다.

"페이, 나 오른발이 괴사하기 직전인데."

"으음."

"좀 그만 자."

내 허벅지를 베고서 누워 있던 페이가 선글라스를 고쳐 썼다.

"난 잠 같은 거 안 자."

"아, 그래."

나는 중얼거리며 파라솔을 조정했다. 우리는 빅 웨이브

베이에 와 있었다. 동짓날 오랜만에 휴일이 겹치니 어딘가 가보자는 얘기를 하던 중 페이가 파도를 보고 싶다고 해서였다. 그렇다면 기왕 가는 거 파도가 센 곳으로. 또 기왕이면 주룽반도를 벗어나 홍콩 섬에라도.

나는 해변을 바라봤다. 휴일이긴 하지만, 날이 쌀쌀하다 보니 해수욕을 하는 사람은 없었고, 서핑을 하려는 사람만 몇몇이 모여 모래사장에 보드를 늘어놓은 채 몸을 풀고 있었다. 하늘이 뉘엿해지고 있었다. 원래 이렇게 오래 머물 생각은 아니었다. 하지만 페이가 석양을 보고 싶다고 했고, 나도 오랜만에 같이 나왔으니 저녁도 먹고 돌아가고 싶다고 생각하던 참이었다. 슬슬 페이를 깨울까 생각하며 오랫동안 놔뒀던 음료수를 마셨다. 표면에 맺혀 있던 물방울이 얼굴에 떨어졌는지 페이가 끄응 하는 소리를 냈다. 내가 히죽 웃으며 병을 페이의 얼굴 위에서 더 흔들자 페이가 하지 말라고 투덜댔다. 한동안 뒤척거리던 페이가 몸을 일으켜 앉으며 기지개를 켰다. 그러곤 오른 다리를 주무르기 시작한 내 모습을 보며 무안한 듯 씩 웃었다.

"웨이쉬안, 내가 널 왜 좋아하는지 알아?"

"다리가 푹신해서?"

"너랑 있으면 그냥 이렇게 느긋해져서 좋아. 뭐에 쫓기는 느낌 없이 마음이 편해져."

페이가 선글라스를 벗고 바다를 바라봤다.

"나 혼자 왔으면 한 20분쯤 있다가 차나 한잔 마시고 돌아가지 않았으려나. 내일 또 새로 잡힌 미팅이니 인터뷰니 마음이 급해져서 말이야. 이렇게 늘어지게 자는 건 절대 못 했겠지."

"요즘 바빴잖아. 하루쯤은 뭐…."

"네 덕분이야."

페이가 무릎을 세워 웅크리며 내 몸에 기댔다.

"계속 이렇게 살 수 있으면 얼마나 좋을까. 오늘처럼. 불안도 없고. 쫓기는 것도 없고. 이렇게 따뜻한 곳에서."

우리는 나란히 파도를 구경했다. 나야 페이에 비하면 불안도 쫓기는 기분도 그다지 느끼지 못하는 성격 같긴 하지만, 앞으로 인생이 오늘만 같으면 좋겠다는 생각은 꼭 같았다. 체조를 끝낸 서퍼들이 보드를 들고 바다를 향해 뛰어갔다. 나는 해가 지고 있는 동쪽 하늘을 배경으로 멀어지는 그들의 모습을 지켜봤다. 그들은 보드에 엎드려 두 팔로 노를 저으며 수평선을 향해 나아갔다. 마치 돌아오지 않을 사람들처럼.

"웨이쉬안, 나중에 같이 보육원에 가볼래?"

내 어깨에 머리를 기대고 있는 페이를 돌아봤다.

"네가 자란 보육원?"

"응. 지금까지는 안 좋은 기억이 떠오를 것 같아서 싫었는데, 너랑 같이라면 왠지 갈 수 있을 것 같아."

나는 고개를 끄덕였다.

"좋아. 언제 갈래?"

"다음 달은 바쁠 것 같고, 2월 어때?"

"좋아."

"약속한 거다? 세상이 끝장나도 가는 거야."

나는 웃으며 알겠다고 말하려다가 불현듯 마음이 먹먹해져서 입을 다물었다. 우리가 결국 그 보육원에 가지 못했다는 게 떠올랐기 때문이었다. 그로부터 몇 주 지나지 않은 1월. 우리는 뉴스에서 처음으로 에피네프라는 이름을 들었다. 세상이 끝장나진 않았지만, 페이와 내가 두 번다시 싱가포르에 돌아가는 일은 없었다. 페이가 자리에서일어났다.

"그러면 언젠가 너 혼자라도 가줘."

나는 멍하니 페이를 올려다보다가 고개를 저었다.

"나도 못 갈 것 같아. 몸이 얼어붙었어. 이제 곧 죽을 거야."

"아니야. 봐."

몇 초가 지난 후에야, 나는 페이가 내 입을 바라보고 있다는 걸 깨달았다. 나도 곧 그 이유를 알 수 있었다. 호흡할 때마다 입김이 흩어지고 있었다.

"체온이 돌아오고 있어. 아직 네가 죽긴 이르다고 생각하는 사람이 있나 봐."

페이가 내 머리 위를 가리켰다. 고개를 들자 내 정수리에서 뻗어 나온 실이 한 가닥 보였다. 나는 보이지 않는 곳으로 이어져 있는 실의 끝을 바라봤다. 눈을 가늘게 떴다. 실을 타고 빛의 입자가 움직이고 있었다. 그 방향을 따라 시선을 움직이자 나는, 어느새, 내가 보고 있던 빛이 되어 있었다. 파라솔도, 빅 웨이브 베이도, 페이도 사라지고 없었다. 뒤늦게 페이에게 작별 인사를 하지 못했다는 사실을 깨달았다. 하지만 이젠 계속 움직이는 수밖에 없었다. 위로. 아래로. 방향은 잘 알 수 없었다. 맞게 가고 있는지도 확실하지 않았다.

문득 실이 흔들렸다. 바람이었다. 내 의식이 만들어 낸게 아니라 바깥에서부터 불어오는 현실의 바람. 나는 그 방향을 향해 나아갔다. 그러자 점차 몸에 있던 빛의 알갱이가 커지더니 이윽고 내 좁다란 시야 안에 있던 모든 것을 삼켰다.

간신히 의식이 돌아온 내가 고통스럽게 숨을 내뱉자, 폴씨가 내 몸을 껴안고 있던 팔을 거두며 뒤로 물러섰다.

"정신이 조금 드시나요?"

내가 눈밭을 짚으며 몸을 일으키자, 그가 희미한 미소를 보였다.

"사람의 신체는 참 신비하지 않습니까? 숨만 붙어 있으면 어떻게든 되는 법이군요."

나는 실로 오랜만에 제 기능을 하는 눈으로 그를 마주
봤다. 폴 씨는 속옷에 외투만 걸친 차림이었다. 다시 보니
나도 마찬가지였다. 내가 입고 있던 젖은 내복과 얼굴을
감쌌던 천 주머니는 먼발치에 놓여 있고, 그 대신 내가 누
워 있던 바닥에는 폴 씨의 것으로 보이는 후드티와 바지가
깔려 있었다. 고개를 돌리자 침엽수림이 내려다보였다. 우
리는 산등성이 끝 지점에 있었다. 나는 여전히 멍한 기분
으로 폴 씨를 바라봤다.

　"저를 구해주셔도 괜찮은 건가요?"

　"물론 괜찮지 않습니다. 어제 선생님을 기도원 밖으로
내보는 것만 해도 꽤 위험했거든요."

　이를 드러내며 웃는 그의 얼굴에는 핏기가 없었다.

　"저는 됐으니까 어서 옷을…."

　내가 자리에서 일어나며 급히 그의 옷가지를 주우려 하
자, 그가 내 팔을 잡았다.

　"여기서 저희 두 명 모두 살아 나갈 방법은 없습니다."

　"네?"

　폴 씨가 주위를 둘러봤다.

　"여긴 과거에 죄인들을 처형하던 장소였습니다. 세 면이
절벽인 데다가 경사가 져 있어 구경꾼들이 관람하기 좋았
기 때문이죠."

　그는 내가 묶여 있던 돌기둥을 가리켰다.

"처형 시엔 저 기둥에 묶어놓고 화형을 시키거나 얼어 죽게 하거나 화살을 쏴 절벽 아래로 떨어뜨렸다고 합니다. 그런 처형식이야 오래전에 없어졌다지만… 지대는 그대로입니다. 통로는 하나밖에 없는데 신부님의 부하들이 지키고 있죠. 참 여기는 예나 지금이나 고약하게 쓰일 운명인가 봅니다. 구경꾼이 없는 것만은 다행이라 해야 할까요."

"그러면 저희는 어떻게 해야…."

그가 조용히 내 눈을 마주 봤다.

"방법은 하나죠. 선생님이 제 옷을 입고 나가시면 됩니다."

"그렇게 하면 폴 씨는 여기서 빠져나갈 방법이 있는 건가요?"

그가 미소지었다.

"없습니다. 전 아마 여기서 끝이겠죠."

터무니없는 소리였다. 내가 고개를 젓자 그가 내 어깨에 두 손을 가만히 올렸다.

"진심으로 하는 말입니다. 지난 몇 년 동안 저라도 할 수 있는 일을 찾고 있었습니다. 딱 한 번이라도 제 보잘것없는 힘으로 도울 수 있는 일을 말이죠. 여길 빠져나가 황 신부님을 막아주십시오. 부탁드립니다."

"어째서죠?"

나는 망설이며 더듬더듬 말했다.

"폴 씨도 기도원의 신자시잖아요. 황 신부처럼 AE가 사라지는 모습을 보고 싶지 않으세요?"

폴 씨는 잠시 나를 마주 보다가 어깨에 걸치고 있던 외투를 담담히 벗었다. 남색 코듀로이 재질에 솜이 두툼하게 들어가 있는 커다란 외투였다. 그는 두 손으로 외투의 어깻죽지를 잡은 채 잠시 감상에 젖은 듯 미소를 지었다.

"이건… 제가 신부가 되겠다고 나설 때 어머니가 사주신 옷입니다. 제 물건이라 생각하지 말고 언젠가 추운 날이 오면 저보다 떨고 있는 사람에게 벗어주라고 말씀하시면서요. 그 후로 겨울을 일곱 번이나 보냈는데 부끄럽게도 여전히 제가 입고 있었네요."

그는 천천히 손을 들어 내 어깨에 외투를 걸쳐주었다. 그의 체온을 간직한 외투는 내가 지금껏 몸에 닿았던 어떤 옷보다도 따뜻했다.

"신부님이 늘 하시는 말씀이 있습니다. 종교가 줄 수 있는 것은 세상에 유일한 것이어야만 한다고. 종교가 독점하던 특혜를, 그 믿음과 안위를 AE가 만든 가짜 천국 따위가 대체해 줄 수 있으리라 세상이 믿는 순간 우리는 끝나는 거라고요. 어떤 면에선 맞는 말일지도 모릅니다. 하지만…."

폴 씨가 진지한 얼굴로 하얀 입김을 내뱉었다.

"저는 그런 유일한 권위 같은 게 사람보다 중요하다곤

생각하지 않습니다. 의도나 형태가 어떻든 수억 명을 부조리한 죽음에서 벗어나게 해준 AE를 파괴할 이유가 된다고도 생각하지 않고요. 심지어 신부님은 그 과정에서 무고한 목숨까지 뺏어 가고 있죠. 저는 그게 우리 가톨릭이 따라가야 할 길이라고 믿지 않습니다."

"하지만 저는… 폴 씨가 목숨을 걸 만한 인간은 아닐 거예요."

"무슨 생각을 하시는지 압니다."

그가 부드럽게 고개를 끄덕였다.

"신부님을 상대하기엔 힘이 부족하다고 느끼시겠죠. 하지만 그럴 만한 힘이 있는 분을 옆에서 도울 수 있는 건 선생님입니다. 지금 그분을 구할 수 있는 것도요."

그럴 만한 힘이 있는 사람. 나는 숲을 바라봤다. 땅을 쓸고 가는 바람으로 회오리 치는 눈의 흰 알갱이들 속에서 나는 하라바야시 가스미의 얼굴을 떠올렸다. 숨이 가빠졌다.

"신부님은 가진 힘이 큰 만큼 굉장히 신중하고, 겉보기와 달리 겁도 많은 분입니다. 그런 신부님이 가장 경계해 온 사람이 하라바야시 박사님이죠. 선생님을 인질로 삼아 불러낸 이상 이번 기회에 반드시 제거하려고 할 겁니다."

나는 숨을 크게 들이마시고 눈가를 비볐다.

"어디로 가면 되나요? 가스미 씨와 신부가 만나는 장소가 어디죠?"

"이제야 정신이 좀 드셨나 봅니다."

그가 떨리는 내 팔을 마주 잡으며 희미하게 미소를 지었다.

"7시 30분. 14번가 발렌키아 호텔 로비입니다."

폴 씨는 먼발치에 있는 얼어붙은 내 내복을 입기 시작했다. 내가 멍하니 그 모습을 바라보고 있자, 폴 씨가 떨리는 목소리로 말했다.

"어서 제 옷을 입으세요. 여길 빠져나가려면 필요할 거예요."

나는 고개를 끄덕이고 그의 바지와 신발에서 눈을 털어 냈다. 폴 씨는 내가 외투의 후드 모자를 눌러쓰는 모습까지 지켜본 후, 내 손을 잡았다. 어느새 그의 손은 내 손보다 훨씬 차갑고 딱딱해져 있었다. 그가 꺼질 듯 희미한 목소리로 입을 열었다.

"안전하길 기도하겠습니다."

"고맙습니다, 폴 씨."

기도원 복도에 세워진 아담한 성모상을 정성스레 닦고 있던 폴 씨의 모습이 선연히 떠올랐다. 나는 외투 단추를 단단히 잠근 채 그가 벗어놓았던 마스크를 쓴 뒤 돌계단을 내려왔다.

한동안 걷자 조그만 산장이 나타났다. 창문을 통해 안에 있던 남자들과 눈이 마주쳤다. 그중 하나가 문을 열었다.

"죽었습니까?"

내가 고개를 끄덕이자, 그는 숲을 바라보며 입김을 뿜었다.

"알겠습니다. 보고는 우리가 할 테니 가보십쇼. 참, 내려가셔도 괜한 얘기는 하지 마세요. 부제님이 위령기도 드리겠다고 왔다 가신 거 신부님이 아시면 저희도 곤란해집니다."

나는 산장을 지나쳐 오솔길로 들어섰다. 발목까지 푹푹 빠지는 눈밭을 따라 스무 번쯤 걷고 뛰길 반복하자 언덕 아래로 기도원의 모습이 보였다.

9장

14번가의 골목 어귀에서 중앙 광장의 전광판 시계를 올려다봤다. 폴 씨가 알려준 시각까진 30분 남짓 남아 있었다. 6차로 대로 너머로 약속 장소인 호텔의 발레파킹장이 보였다. 줄곧 뛰어오느라 흐트러졌던 호흡을 정돈한 뒤 횡단보도 앞으로 걸어갔다. 길가에는 대여섯 명의 사람들이 신호를 기다리며 입김을 뿜고 있었다. 그들 사이에 서서 눈을 가늘게 뜨고 길 건너 호텔을 노려봤다. 도로를 향한 전면 유리 너머로 몇몇 사람들이 로비를 거니는 모습이 비쳤다. 하지만 얼굴을 구분하긴 어려웠다. 설사 그 안에 벌써 하라바야시 가스미가 도착해 있다고 해도 알아볼 수 있을 것 같진 않았다.

그때 가슴이 철렁 내려앉았다. 건너편 대로에 하라바야시 가스미가 있었다. 그녀는 15번가 방향에서 급한 걸음으로 걸어와 곧장 호텔 정문으로 향하고 있었다. 급히 시선을 들었다. 횡단보도 신호등은 여전히 붉은색이었다. 숨이 턱 막히며 시야가 좁아졌다. 어떻게든 그녀가 호텔로 들어가는 걸 막아야 했다. 보도 아래로 발을 내디뎠다. 소리쳐 부르기라도 할 생각이었다. 그 순간 눈앞으로 커다란 화물 트럭이 경적을 울리며 지나갔다. 신호를 기다리던 사람들이 놀라 비명을 질렀고 그들 중 하나가 욕을 하며 내 뒷덜미를 잡아당겼다. 괜찮다며 그 손을 뿌리쳤을 때, 하라바야시 가스미는 이미 회전문을 밀며 호텔 안으로 들어가고 있었다.

얼마 지나자 신호등이 초록불로 바뀌었다. 머리를 흔들었다. 정신을 놓고 있을 때가 아니었다. 내 쪽을 힐끔거리는 사람들 사이에서 나는 고개를 숙인 채 천천히 길을 건넜다.

이미 호텔 안에는 황 신부의 사람들이 대기하고 있을 테니 신중하게 행동해야 했다. 회전문을 밀고 천천히 호텔로 들어섰다. 로비를 살폈다. 작은 테이블을 사이에 두고 2인용 소파가 마주 보는 형태의 좌석이 열댓 개. 자리는 절반쯤 비어 있었다. 하라바야시 가스미는 창가를 따라 세 번째 자리에 앉았다. 급히 달려왔는지 얼굴이 발갛게 달아올

랐고, 땀에 젖은 이마에 앞머리가 달라붙어 있었다.

나는 거대한 샹들리에 아래를 지나갔다. 프런트데스크에서 여행 책자를 하나 뽑아 들었다. 그러고는 눈에 띄지 않도록 멀찍이 돌아 구석에서 두 번째 테이블에 앉았다. 로비에는 대강 스물대여섯 명의 사람들이 이곳저곳 흩어져 자리를 잡고 앉아 있었다. 나는 테이블에 앉은 일행들을 하나씩 주의 깊게 살펴봤다. 한 테이블은 이삼십대의 젊은 남자 셋이 각자 휴대폰만 들여다보고 있다. 셋 다 동유럽계 슬라브인처럼 보였고, 큰 짐가방을 지니고 있었다. 웃으며 대화를 나누고 있는 여행객 모녀. 옆으로 나란히 앉아 함께 여행 책자를 들여다보고 있는 사람들. 호텔의 나이트가운을 입은 또 다른 젊은 커플. 비즈니스 미팅을 하는 듯한 나이와 성별도 제각각인 양복 차림의 무리. 어린 딸과 마주 본 채 복도 방향으로는 등만 보이고 있는 부부…. 시선을 돌렸다. 한쪽에 테이블에서 좀 더 나이가 있어 보이는 남자 둘이 앉아 낮은 목소리로 대화하고 있었다. 둘 다 덩치 큰 동아시아인이었는데, 한쪽은 선글라스를 꼈고 다른 한쪽은 민머리였다. 기도원 뒤편에서 나를 덮치고 머리에 천 주머니를 씌운 이들과 비슷한 인상착의였다.

로비 중앙의 벽걸이 시계를 봤다. 분침이 막 30분을 넘기고 있었다. 심장이 꽉 죄었다. 휴대폰도 없고 하라바야시 가스미의 연락처도 몰랐다. 그녀가 나를 바라보게 할 방법은… 문득 떨던 다리를 멈췄다. 나는 책자를 내려놓고 조용히 자리에서 일어났다. 프런트데스크로 향하자 제복을 입은 리셉셔니스트가 미소를 지었다. 전화를 쓰고 싶다고 부탁하자 그가 데스크 안쪽 수화기를 들었다.

"어디로 걸어드릴까요?"

나는 부서의 비상 연락망 번호를 불렀다. 그가 전화를 걸고 내게 수화기를 건네줬다. 몇 번의 신호음이 흐르고 통화가 연결되었다.

"여보세요?"

익숙한 목소리가 들리자 허벅지 뒤쪽이 저렸다. 나는 숨을 내뱉고 수화기를 뺨에 바짝 붙였다.

"선배?"

"웨이쉬안?"

리엔 선배가 수화기 너머로 뭔가를 확인하는 듯 부스럭거리더니 다시 말을 이었다.

"이거 뭐야? 부서 연락망? 너 아직 휴가잖아?"

"죄송해요. 설명은 나중에 드릴 테니 지금 바로 가스미 씨에게 전화 좀 걸어주실 수 있어요?"

"휴대폰은 어쩌고? 잃어버렸어?"

나는 수화기를 든 손을 바꿨다.

"부탁드려요."

"뭔지 몰라도 일단 알겠어. 뭐라고 해?"

"저는 괜찮다고, 그러니까 당장 호텔에서 나오라고. 그렇게 전해주세요."

전화를 끊은 후, 나는 몸을 돌려 벽면에 선 채 하라바야시 가스미를 지켜봤다. 하지만 시간이 지나도 전화를 받거나 휴대폰을 확인하는 기색이 없었다. 어떻게 된 일일까. 심장이 빠르게 뛰었다. 황 신부가 미리 손을 쓴 건가. 머리를 짚었다. 조금 전까지 얼어붙어 있던 이마에서 이번에는 쉼 없이 식은땀이 배어 나왔다.

리엔 선배가 다시 전화를 걸어온 건 3분 후였다. 리셉셔니스트가 건넨 수화기를 받자마자 리엔 선배가 황급히 말했다.

"다섯 통이나 해봤는데 안 받아. 일단 네가 말한 대로 메시지는 남겨뒀는데…."

몸을 돌려 프런트에 기댔다. 손으로 부르튼 입술을 뜯으려 하던 그때, 호텔 밖에서 급정거하는 차의 타이어 마찰음이 들렸고, 둔중한 두 물체가 충돌하는 꽝음이 났다. 그 소리에 놀라 어깨를 움찔 떤 순간, 같은 소리가 수화기 너머에서도 들려왔다. 나는 눈을 두 번 깜빡이고 수화기를 바짝 붙잡았다.

"선배… 지금 이 근처예요?"

"너도?"

선배가 잠시 침묵하더니 낮은 목소리로 말했다. 나는 미간을 좁히며 머리를 굴렸다. 후회할지도 모르지만, 하라바야시 가스미를 저 자리에서 잠시라도 벗어나게 할 방법은 하나밖에 떠오르지 않았다. 숨을 깊게 들이마셨다.

"선배, 가스미 씨가 위험해요. 도와주세요."

*

정장 차림의 남자가 회전문을 밀고 들어온 건 7시 27분경이었다. 그가 좌석 사이로 걸어오는 걸 발견한 선글라스와 민머리 2인조가 자리에서 일어났다. 그들은 잠시 서서 짧게 대화를 주고받더니 하라바야시 가스미에게 향했다. 하라바야시 가스미도 자리에서 일어났다. 그녀는 자신 앞에 선 세 명의 거구를 올려다보며 눈썹을 찡그리는 듯했다. 정장 남자가 고개를 끄덕여 보이자, 선글라스가 허리에 차고 있던 무전기를 꺼내 입에 가져갔다.

무전기. 황 신부는 가까이에서 지켜보고 있는 게 아닌 걸까? 민머리가 하라바야시 가스미의 팔목을 잡았다. 그녀는 불쾌감을 숨기지 않고 인상을 썼지만 그 이상의 저항은 하지 않았다. 나는 입술을 깨물었다.

리엔 선배가 회전문을 밀고 로비로 들어선 건 그때였다. 평소와 다르게 화장을 하고 사복을 입은 선배의 모습은 조금도 AE와 관계된 사람처럼 보이지 않았다. 로비 중앙으로 들어온 선배는 놀란 얼굴을 하고 있는 하라바야시 가스미를 발견하고 능청스럽게 펄쩍 뛰었다.

"가스미? 가스미 맞지?"

수화기 너머에서 선배의 목소리가 들려왔다. 전화는 선배가 손에 들고 있는 휴대폰과 연결되어 있었다.

"리엔 언니?"

"몇 년 만이야? 일본에 있는 거 아니었어?"

선배가 껑충 다가와 손을 잡자 하라바야시 가스미가 당황한 듯 입을 벙긋댔다. 하지만 그녀의 눈빛이 바뀌는 데는 그리 오래 걸리지 않았다. 하라바야시 가스미는 일순 생기가 돌아온 얼굴로 남자들에게 잡혀 있던 왼팔을 부드럽게 뿌리쳤다.

"죄송해요. 온 지는 좀 됐는데 언니 연락처가 없어서…."

"맞아. 나도 사실 여기로 넘어온 후로는 개통을 안 해서…."

선배는 말꼬리를 흐리며, 그제야 하라바야시 가스미의 양옆에 서 있는 남자들을 발견했다는 듯 조금 어색한 미소를 지었다.

"이분들은 누구셔? 경호원?"

"아뇨, 그냥 일 때문에…."

하라바야시 가스미가 짐짓 당황한 듯한 얼굴을 하며 말

했다. 선배의 시선에 민머리는 헛기침을 하고, 선글라스는 고개를 돌리며 안경테를 치켜올렸다. 정장 남자는 한발 뒤에서 주머니에 손을 찔러 넣은 채 인상을 구겼다. 그들의 안색을 살피듯 눈동자를 굴리던 선배가 조심스럽게 끼어들었다.

"그럼 죄송한데 가스미 좀 잠시 빌려 가도 괜찮을까요? 정말 잠깐, 연락처만 교환하면 되니까요."

"저기, 아가씨."

민머리가 심기가 불편한 듯 미간에 주름을 잡으며 한 걸음 다가서려는 순간, 하라바야시 가스미가 그의 팔꿈치를 잡았다.

"잠시면 돼요. 정말로요. 금방 보내드릴 테니까."

짧은 순간, 고개를 돌려 주위를 살피던 하라바야시 가스미와 시선이 마주친 듯한 느낌이 들었다. 민머리가 무언가 한마디 더 하려는 듯 나섰지만, 정장 남자가 그의 어깨를 잡고 혀를 차며 턱을 휙 돌렸다. 그것을 수긍의 의미로 받아들인 하라바야시 가스미는 선배의 손을 잡은 채 로비 반대편으로 걸어갔다. 나는 수화기를 리셉셔니스트에게 돌려주고 빠른 걸음으로 그 뒤를 쫓았다. 선배의 말대로라면 조금 전 교통사고 때문에 멀지 않은 곳에 경찰이 와 있으니, 셋이 함께 거기까지만 닿으면 됐다.

그때, 이상한 낌새를 느꼈는지 남자들이 움직였다. 예상

한 것보다 빨랐다. 급히 고개를 돌렸다. 호텔을 나간다 해
도 경찰이 있는 지점까지 도달하기 힘들 것 같았다. 나는
반사적으로 리엔 선배와 하라바야시 가스미를 뒤따라가던
걸음을 돌려 복도를 가로질렀다. 내가 앞을 가로막자 선글
라스가 언성을 높이며 어깨를 밀쳐 왔다. 소란에 사람들의
시선이 이쪽으로 쏠렸다. 이 정도 주목을 받는다면 되레
시간을 끌기 유리할지도 몰랐다. 그렇게 생각하며 다시 그
들에게 고개를 돌린 순간, 선글라스가 주먹으로 내 얼굴을
후려쳤다. 나는 그대로 바닥에 나자빠졌다. 몸을 일으키려
하자, 이번엔 민머리가 다가와 내 가슴팍을 짓밟았다. 딱
히 저항할 기력도 없었기에 나는 그대로 드러누워 숨을 뱉
어냈다.

무언가 이상한 낌새를 차린 건 그 직후였다. 몇 초나 지
났지만 스무 명이 넘는 이들 중 누구 하나 입을 여는 사람
이 없었다. 미동조차 하지 않았다. 모두 아주 멀리 있는 물
체를 응시하듯 무표정하게 날 쳐다볼 뿐이었다. 나는 천천
히 고개를 돌렸다. 그러다 단 한 명, 여전히 뒤통수만 보이
는 사람이 있다는 걸 깨달았다. 어린 딸을 동반하고 있는
남자였다. 그는 소파 등받이에 팔꿈치를 댄 채 서서히 몸
을 돌렸다. 각진 턱과 입술. 숱 많은 눈썹 아래에 있는 그
늘진 눈이 나를 향했다.

"또 당신인가요?"

그는 자리에서 일어나 내 앞으로 걸어왔다. 민머리가 내 가슴팍을 밟고 있던 발을 치우자 황 신부가 내 옆에 쭈그 리고 앉았다. 시선을 돌렸다. 여행복 차림의 남자들에게 붙잡혀 있는 리엔 선배와 하라바야시 가스미의 모습이 보 였다. 프런트데스크 쪽에서도 언제 나타났는지 모를 서너 명의 남자가 직원들을 둘러싸고 기관단총의 총구를 겨누 고 있었다. 나는 입술을 깨물었다.

"제가 설마 아무런 준비도 없이 저 여자를 불러냈을 줄 알았나요?"

황 신부가 검지로 내 턱을 툭툭 두드리며 말했다. 정장 남자가 품 안에서 권총을 꺼내 내 머리를 겨눴다. 하라바야 시 가스미와 리엔 선배도 끌려와 내 옆에 내동댕이쳐졌다. 하라바야시 가스미는 나를 보며 서글픈 미소를 지었다.

"죄송해요. 오지 말란 말을 들을걸."

"이렇게 뵙는 건 처음이지요? 하라바야시 박사."

황 신부가 하라바야시 가스미를 향해 말했다. 그녀가 차 가운 눈빛으로 올려다보자 황 신부가 입꼬리를 올렸다.

"원래라면 방으로 초대해 느긋이 이야기하고 싶었지만, 상황이 이렇게 됐으니 불필요한 말은 줄이고, 한 가지만 묻지요. 그날 AE 서버의 방화벽을 뚫고 시설을 움직인 방 법이 뭔가요?"

하라바야시 가스미가 눈썹을 찌푸렸다.

"그게 왜 제가 한 일이라 생각하죠?"

"당신 말고는 그리할 만한 사람이 없으니까요."

하라바야시 가스미가 입술을 깨물며 고개를 가로저었다.

"실망시켜 미안하지만 그건 우리가 한 일이…."

"또 신이니 뭐니 허튼소리를 할 생각이라면 다시 생각해 보는 게 어떨지요."

황 신부가 일어서며 손짓했다. 정장 남자가 나를 겨눈 권총의 격철을 당겨 장전했다. 하라바야시 가스미가 떨리는 눈동자로 나를 바라봤다. 황 신부가 겁에 질린 리엔 선배를 향해 턱짓했다.

"자, 얘기해 보시지요. 저쪽 아가씨한테 차례가 가기 전에."

"선배는 아무것도 몰라요. 제발…."

"그럼 끌어들이지 말았어야지요."

황 신부가 내 급한 어조와 대조되는 차가운 목소리로 말했다. 나는 눈을 꾹 감았다. 그 말대로였다. 좀 더 좋은 방법이 있었을 텐데.

그대로 꽤 시간이 지났지만… 아무런 일도 일어나지 않았다. 총성도, 몸을 꿰뚫는 통증도 없었다. 하라바야시 가스미를 다그치는 황 신부의 목소리조차 들리지 않았다. 이상한 기분에 천천히 눈을 뜨자, 황 신부가 남자의 팔을 붙잡아 총구가 천장을 향하도록 하고 있는 모습이 보였다.

그는 한 손에 든 휴대폰을 의심스러운 얼굴로 들여다보고 있었다. 한참 동안 휴대폰의 스크롤을 내리고 있던 황 신부가 문득 입꼬리를 올리며 재미있다는 듯 헛웃음을 지었다. 리엔 선배와 하라바야시 가스미도 천천히 고개를 들었다. 물론 둘 중 누구도 이런 상황을 예상한 얼굴은 아니었다.

"거짓말은 아니었나 보군요. 신이라고 했던가요? 흥미로운 친구가 있군요."

황 신부가 휴대폰을 외투 주머니에 찔러 넣고는 하라바야시 가스미 앞에 쭈그리고 앉았다. 그는 입가에 미소를 유지한 채 말했다.

"하라바야시 박사. 아쉽지만 아직 당신은 살아있어 줘야겠군요. 증인이 필요할 테니까요. 재밌네요. 당신이 AE를 위해 만든 기술이 AE를 부수는 모습을 보게 되겠군요."

황 신부가 몸을 일으켰다.

"또 연락을 드리지요. 철수하지."

황 신부의 말에 자리에 앉아 있던 사람들이 일제히 일어났다. 그러곤 열을 맞춘 채 로비 중앙으로 걸어가 회전문 밖으로 사라졌다. 맨 마지막으로 움직이던 황 신부가 문득 걸음을 멈추고 우리를 돌아봤다.

"모르겠군요. 당신들 목숨값이 이 정도나 될 일인지. 제가 값을 잘못 매긴 걸까요."

그는 우리 셋, 그중에서도 나를 향해 시선을 고정한 채 몇 초간 무표정하게 턱을 움찔거리더니 몸을 돌려 사라졌다.

"그 사람이군요."

로비가 텅 비자, 그제야 하라바야시 가스미가 입을 열었다. 나도 멍한 기분으로 고개를 끄덕였다. 리엔 선배가 하라바야시 가스미의 어깨를 두드렸다.

"가스미? 이게 다 무슨 일이야? 저 사람들은?"

하라바야시 가스미가 주눅 든 얼굴로 쳐다보자, 리엔 선배가 말을 흐렸다.

"이젠 괜찮은 거 맞지? 안전한 거지?"

"죄송해요. 저 때문에 언니까지…. 죄송해요. 두 분 다."

하라바야시 가스미가 짧게 숨을 내뱉으며 두 손으로 얼굴을 감쌌다. 리엔 선배가 난처한 듯 머뭇거리다가 하라바야시 가스미의 머리를 껴안았다.

*

뜨거운 물로 오랫동안 몸을 덥히고 욕실에서 나오자 창밖이 어스름하게 밝아오고 있었다. 나는 수건으로 머리를 닦으며 침대에서 잠들어 있는 리엔 선배와 하라바야시 가스미의 모습을 바라봤다. 둘 다 무서운 일을 겪었으니 혼자 잠들고 싶지 않았던 모양이었다. 나는 조금 전까지 잠시 눈을 붙였던 간이침대에 앉아 물을 마셨다.

　나는 고개를 돌렸다. 현관문 밖에서 무슨 소리를 들은 것 같았다. 잠시 그대로 있으니 현관 너머로 다급한 발소리가 지나갔다. 멀리서 급하게 뭐라고 말하는 목소리도 들린 듯했다. 시계를 봤다. 아직 출근 시간까지는 두 시간 넘게 남아 있었다. 다시금 복도에서 소란이 일었다. 이번엔 더 가깝고 뚜렷한 소리였다. 낮지만 빠른 말소리. 바퀴를 끌고 지나가는 소리. 무언가 떨어지며 요란하게 깨지는 소리도 뒤따랐다. 자리에서 일어나 현관으로 다가갔다. 몸을 숙이고 외시경에 눈을 댔다. 아무것도 보이지 않았다.

　소리는 이번에는 창밖에서부터 들려왔다. 확성기에 대고 무어라 말하는 소리였다. 창가로 가서 창문을 반쯤 열자 길가에 드문드문 모여 있는 사람들의 모습이 보였다. 도로 한편에는 경찰차가 몇 대 서 있고, 경찰들이 그 사이에 일렬로 서서 바리케이드를 만들고 있었다. 경찰 한 명이 다시금 확성기를 들었다. 앞에 모인 사람들에게 해산하라고 명령하는 듯했다. 그때 현관 위에 붙은 스피커에서 전파음이 일었고 방송이 나왔다.

　모든 직원분들은 별도의 안내가 있을 때까지 각자의 사실에서 대기해 주시기 바랍니다. AE는 직원 여러분의 안전과 복지를 책임집니다. 더불어 뇌과학 연구소 관계자들은 매스컴의 접촉에 응하지 않기를 당부드립니다. 다시 한번 안내 말씀 드립니다. 모든 직원분들은….

나는 눈을 끔벅였다. 뇌과학 연구소라면 하라바야시 가스미가 일하는 곳 아닌가. 바닥에 놓여 있는 휴대폰이 진동했다. 리엔 선배의 휴대폰 같았다. 액정을 보니 부서 동료의 이름으로 메시지가 와 있었다.

'리엔 씨, 깼어? 일어났으면 빨리 뉴스 봐.'

뉴스? 뒷걸음치듯 몸을 돌려 노트북을 켰다. 브라우저를 열고 라이브뉴스에 접속하자 두꺼운 서류 더미를 비추고 있는 화면이 잡혔다. 스피커의 볼륨을 높였다. 기자의 목소리가 들렸다.

이른 시간인 관계로 현재 AE 측은 아직 입장을 발표하지 않은 상황입니다만, 제보물에는 AE의 로밍셀 프로젝트 폐기 기록, 상부 관계자들의 녹취록 및 대화 메시지, 현장 CCTV, 시연 도중 사망한 피해자 가족과 접촉한 정황 및 인근 병원에서 사인을 조작한 기록 등….

고개를 돌리자, 하라바야시 가스미가 침대에서 다리를

내밀고 이쪽을 바라보고 있었다. 그녀는 말없이 몸을 일으켜 내 옆으로 다가왔다. 어스름한 어둠 속에서 그녀의 동공이 화면의 청광을 반사하며 불안하게 흔들렸다.

"무슨 일이 일어나고 있는 거죠?"

나는 고개를 저었다.

"저도 모르겠어요. 지금 사람들이⋯."

그때, 화면이 전환되었다.

다시 한번 전해드립니다. 제보자에 따르면, AE 내부 뇌과학 연구소는 작년 하반기에 걸쳐 뇌의 신호를 송수신하는 나노 머신, 이른바 로밍셀 기술 개발에 착수하고 있었다고 합니다. 로밍셀은 뇌와 척수를 적출하는 기존의 입주 절차를 동면 방식으로 대체할 수 있는 기술이라고 하는데요. 이후 에피네프 치료제가 개발되었을 때를 염두에 두고 고객들의 신체를 보전하기 위해서 기획되었다고 합니다. 다만 제보자는 AE가 상용화를 앞두고 의도적으로 로밍셀의 개발을 중단시키고 연구 기록을 폐기했다고 주장하고 있습니다. 또한 그에 당위성을 부여하기 위해 시연 중 피해자가 사망하는 사고를 조작했다고도 덧붙였습니다.

제보자는 그 외에도 AE가 직원들을 대상으로 투여하고 있는 백신이 불법 사제 백신이라 주장하고 있습니다. 구체적인 내용에 따르면⋯ 해당 백신은 AE가 독단적으로 개발해 낸 것이긴 하나, 'T2' 모델 백신을 베이스로 하고 있는 만큼 안전성이 크게 의심되며… 추가하겠습니다. T2 모델이란 현재 세계보건기구와 197개 국가에서 생산과 투약을 엄격히 금지하고 있는 백신입니다. 면역 신호분자인 케모카인 불균형과 염증성 사이토카인 과다 분비를 촉진시키는 부작용 때문입니다. 현재 전문가들이 제보자가 보내온 자료를 정밀히 검토하는 중입니다만, 그중 일부라도 사실로 밝혀진다면….

나와 하라바야시 가스미는 멍하니 서로를 마주 봤다. 문밖에서 다시 소란이 일었다. 하라바야시 가스미도 그 소리를 똑똑히 들었는지 겁먹은 듯 몸을 움츠렸다. 나는 다시 한번 문단속을 한 후 잠들어 있는 리엔 선배를 바라봤다. 두통이 느껴졌다. 머리를 짚으며 황 신부가 했던 말을 떠올렸다. 우리들의 목숨값. 하라바야시 가스미를 향한, 증인이 필요하니 살려두겠다는 말. 나는 그 뜻을 비로소 이해할 수 있었다.

10장

플랫폼으로 올라오자 리엔 선배의 모습이 보였다. 나는 계단 끝에 잠시 서서 그 모습을 지켜봤다. 선배가 깔고 앉아 있는 캐리어 가방은 여행용이라기에는 크지만, 한 사람의 세간이 든 짐이라기에는 터무니없이 작은 크기였다. 헛기침을 하자, 나를 발견한 선배가 헤드폰을 벗어 목에 걸치고 손을 흔들었다.

내가 다가가 콜라 캔을 건네자 선배는 마침 목이 말랐었다며 이를 드러내며 씨익 웃었다. 유치를 뗸 후 20년이 넘도록 사용한 것으로는 보이지 않을 만큼 하얗고 고른 이였다. 고개를 들어 전광판을 바라봤다. 열차 도착 시간까지는 15분쯤 남아 있었다. 선배는 손에 들고 있던 휴대폰을 뒷주머니에 찔러 넣으며 기지개를 켰다.

"어디로 가세요? 하노이?"

"아니. 거기선 28년이나 살았는걸. 영어도 늘었으니까 글쎄, 미국이라도 가볼까."

"낯선 땅에서 새 출발인가요?"

"낯선 곳이 처음도 아닌데, 뭐."

그렇게 말하며 선배가 웃음을 터뜨렸다. 하기야 새삼스러울 것도 없었다. AE의 직원들은 대부분 나라도 고향도 가족도 떠나 여기까지 흘러온 사람들이었다. 다시 흩어진다 해도 낯선 땅에서 또 다른 낯선 땅으로 갈 뿐이었다.

"여기에 오기 전에 내가 뭘 했는지 말했었나?"

나는 천천히 눈을 깜빡이며 고개를 저었다. 선배는 씩 웃으며 의기양양한 얼굴을 했다.

"나, 실은 교사였어. 초등학교."

"정말요?"

선배는 그게 끝이 아니라는 듯 내 팔꿈치를 툭 쳤다.

"게다가 남편도 있었어. 스물셋에 교사가 되자마자 중매로 결혼했거든."

"있었다는 말은…."

선배는 내 표정에서 뭔가를 읽었는지 웃으며 황급히 고개를 저었다.

"그런 건 아냐. 살아 있을 거야. 아마도?"

"그러면 사별이 아니라 이혼?"

나는 약간 조심스러워져 물었다.

"무슨 문제가 있었나요?"

"그냥 좀 안 맞았어. 결혼 생활도 영 좋지 않았고. 결정적인 이유까지는 아니었지만."

"결정적인 이유는 뭐였는데요?"

선배가 남은 콜라를 한 번에 쭉 들이켜며 말했다.

"결혼하고 5년쯤 됐을 때였나. 어느 날 TV를 보는데 말이야."

선배가 약간 허무한 듯한 미소를 지었다.

"대학 시절 내내 짝사랑했던 남자가 TV에 나온 거야. 바닷가에서 혼자 식당을 차렸는데, 제법 잘 팔리고 유명해져서 방송국까지 알려졌었나 봐."

선배가 짝사랑했던 남자라니. 그런 이야기를 하는 선배의 모습이 새삼스러워 흥미가 일었다.

"그래서요?"

"진행자랑 가벼운 분위기로 이런저런 대화를 하다가, 갑자기 하고 싶은 말이 있다더라고. 그러더니 뜬금없이 내 이름을 말하면서 날 좋아했는데 졸업이 몇 달밖에 남지 않은 시기여서 고백하지 못했다고. 그게 너무 후회된다고. 만약 방송을 보게 된다면 꼭 연락하고 싶다고. 그런 말을 하는 거야."

"놀랐겠네요."

"그럼."

리엔 선배가 웃었다.

"내가 몇 년 동안이나 좋아했던 사람이 그런 말을 하니까. 너도 알지는 모르겠는데, 사귀지도 않고 한 사람을 몇년이나 혼자 좋아한다는 건 거의 병이나 다름없는 거야. 감정이라는 건 원래 변질되고 바뀌는 게 자연스러운 건데… 계기가 없으니까 변하지도 않고, 내심 소중하게 생각하니까 사라지지도 않아서 그 모습 그대로 냉동 상태로 영영 보존되거든. 그러다 계기가 있어서 그 냉동실 문이 조금 열리기라도 하면 곧바로 굴러 나와서… 또 병이 도져버리는 거지."

"그게 병인가요?"

"병이지."

선배가 딱 잘라 말했다.

"잘못된 거잖아. 서른이 다 되어가는 내가 열아홉 살 때의 나와 똑같은 기분을 느낀다는 게. 생활도 사고방식도 가치관도 달라졌는데, 그 당시 감정의 논리만 예외로 한다는 게."

선배는 잠시 말을 멈추고 갑갑한 듯 숨을 깊게 들이마셨다.

"근데 그걸 어렴풋이 알면서도 짐을 싸 들고 거길 찾아가 버린 거야. 그 병 때문에."

"그래서 그분이랑 만났나요?"

"아니. 못 만났어."

선배가 시원스럽게 대답했다.

"왜냐면 그 방송, 재방송이었거든. 3년이나 지난 재방송. 찾아가니까 식당은 엄청나게 커져 있고, 그 사람은 이미 결혼도 했고. 어처구니가 없어서 혼자 새우회만 한 접시 먹고 나와 바닷가에 온종일 앉아 있었어. 마음이라는 게 웃기더라고. 오는 길에는 온갖 희망이란 희망에 부풀어 있었는데, 고작 몇 시간 만에 세상이 다 미워지는 거야. 사람 헷갈리게 촬영 날짜도 없이 그런 방송을 내보내는 방송국도 밉고. 가겠다니까 가면 영영 돌아올 생각 하지 말라던 남편도 밉고. 사춘기 남자애처럼 영상편지만 달랑 한 통 남겨두곤 아무것도 하지 않은 그 남자도 밉고. 스스로는… 참, 바보 같아선 뭐 할 말이 없더라고. 그래서 그냥 자포자기하는 마음으로 거기서 살았어. 꼬질꼬질한 방 하나 빌려서, 낮에는 해산물 시장에서 화장실을 청소하고, 밤에는 골동품 TV를 보며 하루에 맥주를 열 캔씩 마시면서. 그렇게 1년쯤 사니까 이건 뭐 이미 죽은 거나 다름없지 않나 싶더라고."

나는 아무런 말도 할 수 없었다. 그래서 그저 입을 다물고, 바닷가 벤치에 앉아 있었을 리엔 선배의 모습을 그려봤다. 구름 낀 하늘과 요란한 파도 소리. 모래가 묻은 짐가방. 수평선 너머를 응시하는 선배의 초점 잃은 눈을 떠올리자 마치 내가 겪은 일처럼 마음이 아파 왔다.

"그러던 중에 그날이 온 거야. 1월 16일."

"그해였군요."

"아직도 똑똑히 기억해. 16일 날 뉴스가 나오고 딱 일주일 지난 23일 날. 에피네프가 그 시골 동네까지 와버렸어. 에피네프 초기에 너는 홍콩에 있었다고 했지?"

나는 고개를 끄덕였다. 끔찍한 기억 사이사이를 되돌아 걷는 사람의 얼굴이 으레 그렇듯 선배의 눈썹 사이에 그늘진 주름이 잡혔다.

"사람들은 도시가 밀집도도 높아서 완전히 재앙이었다고 하는데, 변두리 시골 쪽도 만만치는 않았어. 의료 시설도 부족한 데다 세상 소식에도 뒤처져 있고 통제도 안 되거든. 에피네프에 걸리면 눈 흰자가 썩은 사과 색깔로 변하는 거 알지? 그런 사람들이 고통스러운 얼굴로 약국이나 마트로 밀려들어 와 진통제 달라 소리 지르고 길거리에서 피를 토하고…. 지금에야 격리소에 들어가면 반년 넘게 산다지만, 그땐 고작 며칠 만에 인적 드문 골목이나 해송 숲 근처에 시체들이 굴러다녔어. 멀쩡한 사람들은 다들 숨거나 도망가고. 행정이 마비돼서 이런 구석까지 도우러 올 사람도 없어. 창밖을 보고 있으면 시체들이 밀물에 쓸려 와 해안선을 따라 방파제처럼 쌓이고 굴러다니고…. 지옥 같았지. 정말 지옥이었어. 그대로 세상이 끝나는 줄 알았다니까. 그런데 웃긴 건 세상이 끝장난다 생각하니까 다시 살 궁리를 하게 되더라고. 그러다 덜컥 진짜 살아버렸고. 에피네프 전과 같은 세상으로 돌아오지는 못했지만 말이야. 근데 덕분에 예전 일은 다 까마득한 게 돼버렸어. 생각도 잘 안 하고. 어쩌다 떠올라도 별 느낌도 안 들어. 남편 같은 것도 이제 얼굴만 겨우 기억날 정도야."

선배는 그렇게 말하며 나를 향해 웃어 보였다. 애써 괜찮아하는 맥없는 웃음이 아니라 선배다운 기운찬 미소였다. 나도 자연스레 웃음이 나왔다. 그런 선배가 없었다면 AE에서의 내 생활은 얼마나 차갑고 침침했을까.

전광판에서 열차가 이전 역을 떠났다는 안내 방송이 나왔다. 선배는 다 마신 캔을 쥐여주며 내 어깨를 툭툭 쳤다.

"설명은 들었지만 솔직히 난 아직도 너랑 가스미가 정확히 어떤 일에 휘말렸는지는 잘 모르겠어. AE도 그렇고. 백신도 그렇고. 특히 그 황 신부란 인간… 그 인간은 정말 위험해 보이니까 말리고 싶지만, 모르겠네. 너희도 그럴 만한 이유가 있는 거겠지."

나는 입을 다물었다. 이미 한번 선배까지도 위험에 빠뜨렸는데, 무슨 말을 할 수 있을까. 선배는 잠시 쏩쓸한 얼굴로 입술을 들썩이더니 나와 눈을 마주쳤다.

"그런데 말이야, 웨이쉬안. 과거는 의외로 그렇게 대단한 게 아닐지도 몰라. 망령처럼 평생 쫓아다닐 것 같아도 잠깐 뒤만 돌아보지 않으면 금방 잊을 수 있는 걸 수도 있어. 물론 가스미 같은 애한테는 좀 어려울지도 모르지. 그런데 대부분은 그 애처럼 능력도 의지도 단단한 무적의 인간이 아니니까. 나처럼 결심도 목표 의식도 물렁하고 인생에 바라는 거라곤 적당히 행복해지는 것뿐인 나약한 인간이 훨씬 많아. 그러니까 너도 스스로 그런 사람이라 생각한다면 여기서 멈춰도 뭐라 할 사람은 아무도 없을 거야. 무책임하게 살라는 말은 아니지만… 내 나약함도 결국 남들이 뭐 하나 보태준 거 없는 내 거니까."

그 이야기를 들었을 때, 나 자신이 아닌 폴 씨를 생각하고 있었다. 습관처럼 폴 씨의 외투 옷깃을 매만졌다. 그는 오랜 시간 이 외투의 주인을 찾아주지 못했다는 사실을 부끄럽게 생각했다. 아마 스스로 나약하다고 생각했을 것이다. 하지만 그건 선배가 말한 것처럼 누구도 보태준 것 없는 나약함인지도 몰랐다. 왜냐면 폴 씨의 세상에서 가장 추위에 떨고 있던 사람은 아마 그 자신이었을 것이기 때문에.

그러니까 이 외투는 그의 용기였다. 나 혼자만의 나약함으로 도망치는 건 괜찮을지도 몰랐다. 하지만 누군가의 용기를 함께 입은 채 그럴 수는 없었다. 내가 아무 말 없이 입만 우물거리고 있자, 선배가 내 정수리를 툭 쳤다.

"됐어. 심각한 얼굴 하지 말고 그냥 잊어버려. 머리카락이 더 소중하니까."

"글쎄 아직 괜찮다니까요."

열차가 플랫폼으로 들어오며 리엔 선배의 웃음소리를 밀어냈다. 선배가 캐리어의 손잡이를 펴고 뒤로 물러섰다. 열차가 일으킨 바람으로 뒤로 묶은 선배의 긴 머리카락이 흩날렸다.

"그럼, 가스미를 부탁해. 그리고 가스미한테는 너를 잘 부탁한다고 전해줘."

"네. 선배, 건강해요."

리엔 선배는 힘도 좋게 캐리어를 어깨에 짊어지고는 열차에 오르며 패션지 화보 사진처럼 멋진 포즈를 취했다. 나도 질세라 두 팔을 들고 보디빌더처럼 몸을 비틀었다. 선배는 웃음을 터뜨렸고, 그 앞으로 열차의 문이 닫혔다. 나는 가족같이 사랑하던 사람이 내 삶에서 멀어질 때마다 항상 그랬듯 마음이 시큰거리는 걸 느끼며 플랫폼을 떠난 열차가 멀리 사라질 때까지 손을 흔들었다.

*

현관문을 노크하자, 들어오라는 하라바야시 가스미의

목소리가 들렸다. 방은 어두웠다. 블라인드 틈으로 들어오는 희미한 빛만이 방 한가운데 의자에 앉아 있는 하라바야시 가스미의 윤곽을 비쳤다. 나는 신발을 벗고 그녀 옆에 가서 섰다.

"언니는 잘 갔나요?"

고요한 방에서 약간의 잔물결만 일으킬 정도의 낮은 목소리로 그녀가 입을 열었다. 나는 고개를 끄덕였다.

하라바야시 가스미가 숨을 들이마시며 허리를 곧게 폈다. 나도 그녀의 시선을 따라 벽 전면에 빼곡하게 붙은 자료들을 쳐다봤다. 크고 작은 메모지와 노트 종이. 기사. 사진. 그 중앙에는 우리가 아는 것보다 10년쯤 젊어 보이는 황 신부의 사진이 압정으로 고정되어 있었다. 그건 우리가 지난 2주간 황 신부를 조사하고 정리한 자료들이었다.

나는 지난 보름간 계속되고 있는 AE의 위기를 생각했다. 외부에서는 로밍셀과 관련해, AE 내부에서는 백신에 대해 쉬지 않고 공격했다. 하지만 AE는 어떠한 공식적인 입장도 밝히지 않고 있었다. 직원들의 산발적인 파업이 이어졌다. 퇴직을 희망하는 직원들이 인사관 앞에서 집회를 열자 이틀 후 AE는 넉넉한 퇴직금과 원하는 곳으로 떠날 수 있을 여비를 지급했다. 백신의 부작용을 호소하는 직원들도 생겨났다. 사실이 어떤지는 아무도 몰랐다. 그렇지만 AE는 이번에도 군말 없이 보상금을 내놓았다. 얼마 지나지 않아 남자 한 명이 투신해 행정관 안뜰에서 시신으로 발견됐다. 그는 재판에 출두할 예정이었던 임원이었다. 그의 방에서는 모든 게 자기 잘못이라는 유서가 발견되었다. 그로부터 며칠 지나 남성 기숙사 F동에서 직원들 간 흉기 사건이 일어났다. 일주일 후에는 5톤가량의 구형 규조토 다이너마이트를 실은 트럭이 입주관 건물 지하로 돌진했다. 트럭은 방제벽에 저지당했지만 그 도중 경비원 한 명이 죽고 세 명이 다쳤다. 트럭을 운전한 남자는 계획이 실패하자 그 자리에서 권총으로 자살했다.

대중은 AE를 무서워하기 시작했다. 그들이 겁내는 이유가 제보로 폭로된 AE의 권력과 비윤리성인지 아니면 AE라는 장소에서 계속 벌어지고 있는 사건 때문인지는 알 수 없었다. 하지만 결과는 입주자와 직원의 감소로 귀결됐다. 해소될 기미가 보이지 않는 인력 공백이 계속됐다. 전 직원 수는 6만 명에서 4만 5,000명까지 줄었다가 5만 명 어귀에서 좀처럼 불어나지 않았다. 전이면 생각도 못 했을, AE를 향한 악의적인 프로파간다가 심의에 걸러지지 않은 채 공중파에 나왔으며 포털에 게시됐다. 하지만 AE는 모든 걸 묵묵히 버텨내고 있었다.

나는 하라바야시 가스미를 바라봤다. 로밍셀의 존재가 수면 위로 올라왔음에도 상황은 그녀의 목표와는 다른 방향으로 흘러가고 있었다. 일련의 재판들은 어디까지나 사

고 조작 여부와 로밍셀 폐기의 이유를 밝히고자 할 뿐이었
지 로밍셀 상용화에 맞춰져 있지 않았다. 신부가 로밍셀
연구 기록 자체를 발표한다면 달라지겠지만 그리할 이유
가 없었다. 로밍셀을 상용화하기 위해선 어쨌든 AE가 남
아 있어야 하니까. 따라서 로밍셀의 세부 내용을 알고 있
는 가스미는 여전히 그에게 제거 대상일 가능성이 높았다.
아직까지 움직이는 기색이 없지만, 일주일 후 있을 재판에
서 증언을 마친 후에 또 언제 어떤 방식으로 목숨을 노려
올지 몰랐다.

"역시 AE 상부와 이야기 하고 재판 이후에도 가스미 씨
의 신변 보호를 요청하는 게 어떨까요. 그날 죽은 경비원
과 신부의 관계를 정리한 자료만 넘겨도 AE가 움직여 줄
지도 모르잖아요."

내가 말하자, 하라바야시 가스미가 힘없이 고개를 저
었다.

"아니에요. 이런 때일수록 AE에 약점을 보이면 안 돼요.
AE가 신부 측을 깊숙이 조사하다 제보자가 우리와 관련
됐다는 걸 알면 더 곤란해질 수도 있으니까요. 저야 로밍
셀 때문에 이미 AE가 경계를 하고 있지만, 그렇게 되면 웨
이쉬안 씨까지도 어떤 제약을 받을지 몰라요. 가능하면 제
손으로 해결하는 게 가장 좋겠죠."

"저희 손이죠. 신부를 상대로 따로 움직이다가 지난번처

럼 되면 안 되니까요, 그렇죠?"

"그럼요. 물론이죠."

하라바야시 가스미가 자리에서 일어나 벽에 헐거워진 압정을 꾹 눌렀다.

"웨이쉬안 씨는 이제 출발하는 건가요?"

"네. 이제 선배도 떠났으니 지체하면 안 될 것 같아서요."

휴대폰을 꺼내 며칠 전 받은 메시지를 열어봤다.

'1207호에서 기다리겠습니다.'

역시나 발신인도 없고 날짜나 시간도 적혀 있지 않았다. 하지만 내가 알고 있는 1207호란 페이와 시간을 보내곤 하던 구시가지의 여관 말고는 없었다. 그리고 이를 알고 있을 만한 존재는 단 하나 외에는 짐작되지 않았다. 문득, 소매 끝을 움켜쥐는 손길이 느껴졌다. 조금 떨리는 듯했다. 하라바야시 가스미를 마주 보자 그녀가 고개를 끄덕였다.

"그럼, 조심해서 다녀오세요."

"가스미 씨는 여기서 기다릴 거죠?"

"웨이쉬안 씨가 본인만이 할 수 있는 일을 하러 가니까…."

그녀가 옅게 미소 지었다.

"저도 뭔가 제가 할 수 있는 일을 하고 있어야죠."

*

   1207호의 문을 열고 들어가자 붉은색 물방울무늬 벽지
가 오랜만에 나를 반겼다. 방엔 아무도 없었다. 현관문을
잠그고 잠시 서성이다 침대에 걸터앉았다. 마지막으로 이
방에서 보냈던 기억들이 해묵은 감정과 함께 되살아났다.
페이와 나눴던 대화들. 반년간 주고받았던 편지. 고개를
들고 벽에 걸린 거울을 바라봤다. 거울에선 내가 기억하는
것보다 몇 년은 늙어버린 듯한 남자가 나를 마주 보고 있
었다.

   무언가 변화를 느낀 건 그때였다. 왼쪽으로 고개를 돌
렸다가 시야에 들어온 일렁임을 따라 얼굴을 들었다. 그러
자 그곳에… 나비가 있었다. 검푸른 날개의 나비였다. 멍
한 기분으로 덧없이 날갯짓을 하고 있는 나비를 눈으로 좇
았다. 나비는 내 머리 위에서 한동안 타원을 그리며 날더
니 붉은색 물방울무늬 속으로 기척도 없이 사라져버렸다.
그 순간 나는 이미 1207호 여관방이 아닌 다른 곳에 서 있
었다.

11장

나는 지평선 끝까지 이어지는 거대한 화원의 한가운데에 있었다. 폐 속의 공기를 입 밖으로 천천히 밀어내며 정신없이 주위를 둘러봤다. 수만 가지 색을 풀어놓은 팔레트의 한복판에 툭 던져진 듯한 광경이었다. 그림같이 푸른 하늘. 새하얀 구름. 그 밑에선 지평선 끝까지 무수한 꽃들이 마치 지금이 짧은 생애 중 가장 아름다울 때라고 말하듯 생경한 빛깔을 띠며 바람에 흩날리고 있었다. 잠시 눈을 감고 바람의 온기를 느꼈다. 그 냄새와 촉감이 불러오는 감정의 기억까지… 몸의 모든 세포가 감각하는 봄의 바람이었다. 이렇게 따뜻한 바람을 피부로 느낀 게 대체 얼마 만인지 알 수 없었다.

나는 주황색 벽돌로 된 폭이 좁은 길바닥에 서 있었다. 발을 들었다가 다시금 땅을 디뎌보았다. 양말을 통해 느껴지는 땅의 감촉이 무척 단단하고 사실적이었다. 길을 따라 시선을 옮기자 멀리 손톱만 한 크기의 정자 한 채가 보였다. 지붕부터 기둥과 난간까지 모든 면이 새하얬다. 그곳에서 누군가가 나를 기다리고 있으리라는 강한 예감을 느끼며 발을 뗀 그 순간, 정자가 내 의지에 반응하듯 세 걸음 앞으로 불쑥 다가왔다.

놀라서 주위를 두리번거리자 가벼운 발소리가 들렸다.

"조금 요란스럽지만 괜찮은 곳이죠?"

한 여자가 정자의 기둥을 손으로 짚은 채 나를 내려다보고 있었다. 나이는 40대 후반쯤. 북인도아리아계 외모에 키가 컸다. 팔다리를 넉넉하게 감싸는 얇은 모시 재질의 검정색 투피스 드레스 아래로는 맨발이 드러났다. 그녀가 고개를 비스듬히 기울이며 미소를 짓자 귀 아래에서 금색 귀걸이가 흔들렸다. 나는 잠시 망설이다 페이와 만나지 못한 이래로 모든 장소와 상황에서 그래왔듯 영어로 입을 열었다.

"저에게 말씀하신 게 맞죠?"

말하고 보니, 이 끝도 보이지 않는 넓은 공간에서 단둘이 마주 보고 있는 상대에게 던지기엔 이상한 질문이었다. 하지만 여자는 이해한다는 듯이 미소를 지었다.

"알아요. 이상한 기분이죠?"

나는 멍멍한 기분으로 귓바퀴를 만졌다. 처음에 들은 것
처럼 내가 아는 어떤 언어도 아니었다. 그 음성은 목소리
같기도, 단순한 진동이나 조금씩 바뀌는 음계의 연속 같기
도 했다. 애당초 고막을 통해서 전해지는 게 맞는지도 알
수 없었다. 내가 혼란스러워하는 모습이 재미있었는지 그
녀는 입을 가리고 웃고는, 배려하듯 느린 속도로 말했다.

"이 공간에서 말은 청각으로 인식되도록 설정되었지
만 실상은 전산화된 인격 사이에서 일어나는 데이터 교환
에 지나지 않죠. 뇌가 대화의 방향을 결정하는 건 물론 같
아요. 하지만 입력하거나 출력할 때 대뇌피질의 언어중추
를 거치지 않으니 현실의 감각과는 약간 괴리가 있을 거예
요."

"여긴 현실이 아닌가요? 제가 어디에 있는 거죠?"

그녀는 미소를 지으며 풍경을 매만지듯 허공에서 손을
부드럽게 움직였다.

"어디일 것 같나요?"

나는 폐 속 공기를 내뱉었다가 현실과 조금도 다르지 않
은 듯한 꽃향기를 천천히 들이마셨다.

"AE인가요?"

"그렇기도 하고 아니기도 해요. 공간 자체는 제가 독립
적으로 디자인했지만 현재 AE에서 사용하는 엔진을 기반

으로 했거든요. 조금 전 의사소통 시스템도 AE 방식이에요."

"하지만 어떻게 제가 들어올 수 있는 거죠?"

그녀는 계단을 내려와 내 앞에 섰다. 그리고 시험해 보듯 폴 씨의 외투 옷깃을 가볍게 만졌다.

"당신 친구분, 하라바야시 박사님의 기술 덕이죠. 요즘 아주 뜨거운 주제죠?"

"로밍셀…."

"당신이 오카베 씨와 지하 보관소에 내려갔던 그날 밤, 저도 AE에 방문했었죠. 복도의 스피드돔 카메라 너머로 만났었는데. 기억하시나요?"

"기억나요."

"그날 AE의 데이터베이스에서 꺼내 왔었죠. 그때만 해도 일이 이렇게 될 줄은 몰랐는데 말이죠."

나는 입을 꾹 다물고 그녀를 마주 봤다.

"이렇게 될 줄 몰랐다니… 당신이 황 신부에게 자료를 넘긴 것 아닌가요?"

"그 전에…."

그녀가 부드럽게 미소를 지으며 안내하듯 계단을 향해 손을 뻗었다.

"괜찮으시면 이리로. 이야기가 길어질 테니까요."

계단을 오르자 깨끗하게 정돈된 바닥에 하얀 방석이 깔

려 있었다. 바짓단을 당기며 방석에 앉자 그녀도 맞은편에
자리를 잡고는 입을 열었다.

"제대로 인사도 못 드렸네요. 저는 카말리카 라만이라고
해요."

내가 앉은 채로 엉거주춤 허리를 굽혀 인사하자, 그녀도
조용히 미소를 지으며 고개를 숙였다.

"마음 같아선 차라도 내드리고 싶은데… 이해해 주세요.
음식을 생성할 수 없는 건 아니지만, 여기저기 흩어진 네
트워크를 모아 만든 임시 서버이기 때문에 공간도 접속 방
식도 불안정하거든요. 오류가 생길 수 있어요."

"오류라면요?"

"글쎄요."

라만 씨가 조금 장난스럽게 입꼬리를 쭉 내렸다.

"페르세포네처럼 영영 되돌아갈 수 없게 될지도 모르
죠."

"그건 곤란하네요."

"제 입장에서도 그래요. 꼭 부탁드리고 싶은 일이 있으
니까요."

나는 잠시 머리를 긁적이다가 자신 없는 표정으로 그녀
를 쳐다봤다.

"당신처럼 전능한 분에게 제가 해드릴 수 있는 게 있나
요?"

"물론이죠. 웨이쉬안 씨가 아니면 할 수 없는 일이에요."

라만 씨가 아주 당연하다는 듯이 말했다. 나는 약간 경계하며 입을 오므린 채 그녀를 바라봤다.

"그렇다면 그 일을 맡기기 위해 저를 두 번이나 구하신 거겠군요."

그녀는 턱을 손으로 감싸며 잠시 생각하더니 조금 멋쩍은 듯 입맛을 다셨다.

"셔터를 내린 건 제가 한 일이 맞아요. 하지만 호텔 로비에서 황 신부와 거래한 건 다른 사람이었죠. 첫 번째도 따지자면 그분에게 부탁을 받았던 거고요."

"그분이라면…."

라만 씨가 대답 대신 두 손을 무릎에 올리며 내 눈을 쳐다봤다. 그게 누구인지는 이미 알고 있지 않냐는 듯. 나는 입술을 깨물었다.

"하지만 어떻게 그럴 수가 있죠? 페이는 AE에…."

"페이 씨가 자기 발로 AE에 입주한 건 사실이에요."

라만 씨가 부드럽게 말했다.

"하지만 어디까지나 저와 사전에 약속했기 때문이죠. 입주 절차가 완료되면 페이 씨의 인격 데이터가 제가 준비한 경로를 통해 빠져나올 수 있도록 미리 프로그램을 짜뒀거든요."

나는 멍해졌다.

"페이는 왜 그런 선택을 한 건가요? 뭘 위해서죠?"

라만 씨는 미소를 잃지 않았지만, 내 물음에 마음 한편이 복잡해진 듯 들판 너머로 시선을 옮겼다. 인공 햇빛이 그녀의 눈가에 엷은 그늘을 만들었다.

"당신들은 저를 신이라고 부르죠? 하지만 실은, 그렇다고 할 수 없는 가장 큰 이유가 하나 있어요. 제 수명은 한정되어 있거든요."

"수명이요?"

나는 놀라서 반문했다.

"하지만 인격 데이터… AE 서버 안 입주자들 아바타에 수명이 정해져 있다는 얘기는 들어본 적 없는데요?"

"그분들은 저와 달리 좋은 걸 갖고 계시니까."

라만 씨가 자조적인 웃음을 띠며 자신의 이마 한가운데를 가볍게 두드렸다.

"AE 서버 내 인격 데이터는 실시간으로 연결되어 있는 뇌가 소스source 역할을 해주기 때문에 입체적인 감각과 자아를 가지죠. 얼마든지 변화하거나 성장할 수 있고요. 그에 비하면 저는 평면적인 데이터에 불과해요. 용량도 클 뿐 아니라 이런저런 네트워크에 분산되어 있어서 안정성도 떨어지죠. 게다가 AE가 직접 설계해 고객에게 제공하는 그런 검증된 데이터만 접하지도 않고요. 제 능력을 운영하며 엄청난 양의 데이터와 마찰하는 과정에서 원치 않게 오염되거나 열화되기도 해요. 제가 최초부터 가지고 있던 고유 데이터가 조금씩 닳아가는 거죠."

오염과 열화로 데이터가 변질되어 수명이 깎여나간다니. 나는 기분이 묘해졌다. 그 모습이 꼭 질병이나 노화로 인해 체세포 파괴 속도가 재생력을 앞지를 때 수명이 다하는 유기체, 즉 우리와 별반 다르지 않은 것 같아서였다.

"제 고유 데이터를 수복하기 위해서는 제 권한과 능력을 잠시 맡겨둘 수 있는 다른 곳이 필요했어요. 제 역할을 대리해 줄 개별적인 운영체제가요. 그리고 그 운영체제는 인격 데이터를 기반으로 했기에 실제 사람이 필요했죠."

나는 관자놀이를 누르며 고개를 끄덕였다.

"대리 역할로 선택받은 게 페이였군요."

"먼저 접근한 건 페이 씨였지만 그녀의 지난 삶을 살펴보니 믿을 수 있는 사람처럼 보이더군요. 책임감 있고 능력 있고 영리하고. 그녀는 제가 가진 능력을 통해 오빠분과 꼭 만나보고 싶어 했고, 저는 페이 씨가 해줬으면 하는 역할이 있었죠. 무엇보다 우리 둘 다 시간이 얼마 없었고요."

"그렇게 된 거였군요."

나는 중얼거렸다. 오빠분과 만나기 위해. 그리고 설득하기 위해. 나도 잘 알고 있던 페이의 바람이었다. 그러다 마음에 걸리는 부분이 떠올랐다.

"방금 두 번째, 호텔 로비에서 신부와 거래한 건 페이였다고 하셨죠? 그러면 그건 라만 씨가 개입한 일이 아니었나요?"

라만 씨가 안쪽 눈썹을 미세하게 움직이며 천천히 미소를 지었다.

"그게 제가 웨이쉬안 씨, 당신을 여기 부른 이유예요."

나는 굽어 있던 허리를 펴고 들을 준비가 되었다는 표시로 고개를 끄덕였다. 라만 씨는 턱을 매만지며 기억을 천천히 되감듯 말을 이어갔다.

"사실대로 말하자면, 페이 씨의 인격 데이터를 AE에서 데리고 나올 때부터 약간 문제가 있었어요. 약속대로 빠져나올 경로를 준비했는데 시간이 돼도 페이 씨의 인격 데이터가 도착하지 않았죠. 그래서 제가 직접 AE 서버에 들어가서 페이 씨의 인격 데이터가 생성되고 이동한 기록을 추적해 봤어요. 그랬더니…."

라만 씨가 잠시 멈췄다가 이어서 말했다.

"페이 씨는 제가 프로그램을 심어놓은 길목과 전혀 다른 경로로 보내졌더군요."

"다른 곳? 어떤…."

라만 씨는 대답 대신 공중에서 그림을 그리듯 손을 움직였다.

순식간에 사방이 붉게 변했다. 나는 눈을 크게 뜨고 주위를 두리번거렸다. 본 적 있는 빛깔이었다. 쏟아진 지 얼마 되지 않은 피 웅덩이 같은 진홍색. 수많은 사람의 비명과 절규가 얽힌 거대한 소음의 파도가 우리를 둘러싼 공간을 휩쓸었다. 나도 모르게 귀를 틀어막았지만 뇌로 직접 들어오는 소음은 조금도 줄어들지 않았다. 붉게 물든 공기 속에서 라만 씨는 미동 없이 앉아 있었다. 나는 천천히 자리에서 일어나 정자의 난간으로 향했다. 지면을 내려다봤다. 난간을 잡은 손에 힘이 들어갔다. 붉은색 대지가 꿈틀거리며 비명을 지르고 있었다. 어떤 기다란 물체가 점액질의 지면을 밀어 헤치며 솟아올랐다. 나는 놀라서 반사적으로 한 발 뒤로 뺐다가 눈을 가늘게 뜨며 그것을 바라봤다.

그건… 사람의 팔이었다. 시야를 좀 더 멀리 두었다. 지평선 끝까지 수천수만 개의 팔이 마치 익사하는 인간의 그것처럼 허우적거리고 있었다. 나는 메스꺼워졌다. 지면 밑에서 꿈틀거리고 절규하는 게 다….

몸을 돌렸다. 주위는 어느새 내가 처음 도착했던 꽃밭의 정경으로 돌아왔고, 라만 씨는 그 자리에 그대로 앉은 채 나를 바라보고 있었다.

"이건 대체… 사람들이 땅속에서…."

내가 차오른 숨을 얕게 뱉으며 말하자, 그녀는 잠시 여유를 두고 말했다.

"결론부터 말하면 이 공간은 AE에 강제로 입주당한 이들이 이송되는 서버예요. 페이 씨가 입주한 날, 메일로 도착한 영상으로 이미 한 번 보셨죠."

"그게 설마… 페이였나요?"

"페이 씨는 그곳에서 여섯 시간 동안 갇혀 있었어요. 제가 구해내긴 했지만, 한발 늦어서 이미 인격 데이터 상당 부분이 망가져 있었죠. 그 영상은 제가 페이 씨를 수복하는 과정에서 떨어져 나간 데이터의 일부예요. 다만 그 기억 속에 당시 상황을 알려야 한다는 의지가 강하게 남아 있어서, 페이 씨 본체와 분리되어 버려진 후에도 기능을 멈추지 않고 당신에게 도달한 듯 보여요."

나는 눈을 꾹 감았다. 동시에 유즈키 씨와 달리 페이의 몸에 상처가 없었던 이유를 깨달았다. 페이는 자기 발로 입주를 했기 때문에. 하지만 중간에 AE에 의해 가야 할 곳이 강제로 바뀌리라고는 상상도 못 했던 것이다.

"하지만 이런 공간을 만들어서 AE는 대체 뭘 하고자 하는 거죠?"

"이걸 봐주시겠어요?"

그녀는 두툼한 파일을 내가 앉아 있던 앞에 내려놓았다. 나는 자리로 돌아가 파일을 펼쳐봤다. 낯선 사람들의 사진과 신상 정보가 꼼꼼히 적혀 있는 프로필이었다.

"강제로 입주당한 사람들의 명단이에요. 혹시 공통점을 알겠나요?"

나는 숨이 턱 막히는 기분이 되어 천천히 페이지를 넘겼다. 그러다 문득 깨달은 게 있어서 그녀를 바라봤다.

"다들 유능하거나… 유망한 사람들이군요."

"맞아요."

라만 씨가 설명했다.

"AE는 전 세계의 격리소와 연결되어 있어요. 발병한 환자가 들어오면 그 사람의 신원을 조회하죠. 그리고 지능과 인격, 성향 같은 복합적인 요소들을 평가해 점수를 부여합니다. 그 점수가 일정 수준 이상으로 높을 때, AE는 그 사람을 일반 서버가 아닌 방금 말한 비공식 서버로 보내요. 그리고… 그 인격들을 하나로 융합하죠."

"융합한다고요?"

나는 그 말을 의심할 수밖에 없었다. 인격을 융합한다니. 뒤섞는다니. 마치 화학물질처럼. 도저히 납득할 수 없는 역겨움에 다시 한번 메스꺼워졌다.

"마치 건물을 짓는 건축 자재처럼 말이죠."

그녀가 무감정하게 말했다.

"AE는 그렇게 만든 융합 인격체한테 서버 내 모든 권한을 쥐여줄 생각이에요. 모든 인류를 수용한 근미래의 AE 세계 안에서 사람들 위에 설 신적인 존재를 만들려는 거죠. 완전무결하게 옳은 판단을 내리면서도 그걸 집행할 능력까지 갖춘 존재가 굽어 지켜봐 준다면, 영생을 얻은 인류가 불행한 역사를 반복하거나 길을 잃지 않으리라 여긴 거예요. 그것이 AE의 중추부가 처음부터 계획하고 있던 일명 스파이라spira 프로젝트예요."

"스파이라."

"spiralis, speira, spirale, espiral 같은 식으로 고대 유럽 언어들에서 파생된 어휘들에 공통으로 들어가는 형태소 죠. '나선'이라는 뜻이에요. 뾰족한 줄기 혹은 첨탑이라는 의미도 갖고요."

첨탑. 그 순간 내 머리에 선명하게 떠오른 이미지는 성경에 나오는 거대한 바벨탑이었다. 언어중추를 거치지 않은 대화. 분화된 언어들과 인간들 사이의 재결합. 서로 다른 언어를 갖게 된 사람들이 뿔뿔이 흩어지는 게 구약이 묘사하는 세계의 시작이었다면, 반대로 되돌아 모이는 건 세계의 끝을 의미할까.

내가 파일을 돌려주자, 라만 씨는 그것을 받아 든 뒤 표지를 매만지며 잠시 침묵했다. 그리고 시선을 들어 흔들림 없이 고요한 눈빛으로 나를 바라봤다.

"당신이 보기에 그 천국은 어떨 것 같나요? 괜찮을 것 같나요?"

"모르겠어요."

나는 솔직하게 대답했다.

"그 세상이 아무리 좋더라도 이렇게 많은 사람을 강제로 고통받게 하는 건…."

나는 말끝을 흐린 채 라만 씨를 바라봤다.

"라만 씨는 어떤가요? AE의 초기 개발자 중 한 명이셨죠? 처음부터 AE가 이런 용도로 사용될 줄은 몰랐을 거 아니에요?"

그녀가 조금 난처한 듯 웃으며 파일을 바닥에 조심스레 내려놓았다.

"물론 몰랐어요. 에피네프가 나타나기도 전이었고요. 우린 겨우 여섯 명이었거든요."

나는 놀라서 무릎을 움찔했다.

"고작 여섯 명이 정신 전산화 기술을 만들어 냈다는 말인가요?"

"기적이었죠. 그렇게 성공하거나 주목받을 줄 몰랐거든요."

라만 씨가 감정을 읽기 힘든 목소리로 말했다.

"하지만 여섯은 프로젝트의 구성원으로는 적은 수였지만… 큰 자금 앞에서 한마음으로 뭉쳐 있기엔 너무 많은 숫자였죠."

"누군가 배신하고 기술을 팔아버린 거군요?"

라만 씨는 씁쓸하게 미소를 지었지만 내 말을 정정하진 않았다.

"제가 하고 싶은 말은… 우리 연구에 AE라는 이름이 붙은 후, 우리 중 아무도 원치 않았던 형태로 이용되었다 해도 결국 모든 게 나쁜 방향으로만 흘러가지는 않았다는 거예요. 분명 많은 사람을 살리기도 했죠. 우리가 꿈꿨던 최선의 방식으로도 이 정도로 많은 사람에게 도움을 주진 못했을지 몰라요. 그렇게 보면 스파이라 프로젝트도 마찬가지 결과를 불러올지 모르죠."

나는 반론하기 어려웠다. AE의 속셈이 무엇이었든 결과적으로 기술을 손에 넣으며 강력한 기업이 되었기에 나 역시 살아 있는 건지 몰랐다.

"물론 당신 말처럼 죽음을 앞둔 사람들일지라도 무고한 사람들을 강제로 이용하는 건 변호할 여지가 없겠죠."

라만 씨가 조심스러운 태도로 말했다.

"게다가 그 에덴이나 스파이라 같은 이름도 개인적으로는 달갑지 않네요. 애초에 그걸 만든 우리는 당시 비슷한 주제에 관심을 가졌던 서구 쪽 학회에 끼지 못한 사람들이었거든요. 중국인. 인도인. 한국인. 우즈베키스탄인. 인도네시아인. 튀르키예인. 모두 아시아 출신이었죠. 프로젝트의 비용을 지원해 준 건 사우디아라비아였고요."

나는 그녀의 불쾌감을 이해할 수 있었다. 에덴. 스파이라. 그건 인류가 회귀해야 할 근원이자, 모든 문화와 언어의 기원이 자신들에게 있다는 생각이 기저에 깔려 있지 않고서야 지을 수 없는 이름이었다. 무시와 외면을 받아온 것으로도 모자라 목표와 의지마저 빼앗긴 그녀와 동료들한테 그 이름들이 어찌 모욕이 아니라고 할 수 있을까. 하지만 라만 씨는 금세 경직된 표정을 풀고 미소를 지었다.

"하지만 그렇다고 해서 제가 가진 능력으로 그들에게 복수하고 싶은 마음은 없어요. 그래선 안 되는 거겠죠. 저도 과학자니까요. 그 기술이 앞으로 인류에게 가질 의미나 가능성까지 부정하고 과소평가할 수는⋯."

라만 씨는 스스로 말끝을 흐리다 완전히 침묵했다. 그녀의 등 뒤에서 바람이 불어와 나를 스쳐 갔다. 이윽고 반대 방향에서 다시 부드러운 바람이 불어왔다. 라만 씨가 손끝으로 머리카락을 빗어 넘기며 조금 난처한 듯 웃었다.

"하지만 페이 씨는 그렇게 생각하지 않았죠."

나는 고개를 끄덕였다. 어렵지 않게 짐작할 수 있는 사실이었다.

"페이는 원래 AE에 호의적이지도 않았는데, 직접 그 지옥 같은 공간을 겪었으니까요."

"그뿐만이 아니었어요."

라만 씨가 말했다.

"AE 서버를 다운시킨 그날 밤, 사실 저와 페이 씨는 당신을 구하기 위해서만 AE에 방문한 게 아니었어요. 방금 말했듯 페이 씨와 오빠분을 만나게 해주기 위해서기도 했죠. 지금 생각해 보니 페이 씨가 꼭 그날을 고집한 건 당신의 영향이 컸겠지만요."

나는 고개를 끄덕였다.

"페이가 기뻐했겠네요. 정말 오랫동안 찾아다녔는데."

나는 거기까지 말했다가 비로소 그뿐만이 아니었다는 라만 씨의 말을 떠올렸다.

"설마…."

"네."

라만 씨가 다시 파일을 들고 손을 움직이자 한 페이지가 눈앞에 드러났다. 이번에 멈춘 프로필에는 낯선 남자의 사진이 있었다. 눈썹이 짙고, 영민해 보이는 눈을 가진 사람이었다.

"페이 씨의 오빠분이에요. 오빠라고 해도 서류상 가족관계는 아니라, AE에 입주한 후에는 페이 씨도 행방을 알 수가 없었죠."

나는 손으로 얼굴을 감쌌다.

"오빠분은 이미 융합체에 완전히 녹아들어 구출할 수 없었어요. 페이 씨는 물론 AE를 증오했지만 그 순간 이성을 잃은 것 같아요. AE를 완전 파괴하기로 한 거죠. 하지만 제가 돕지 않으리란 걸 알았기 때문에 페이 씨는 저를 다중의 복잡한 프로토콜이 없으면 빠져나올 수 없는 프로그램 속에 가둬버렸어요."

그녀의 말에, 나는 마치 그것이 내가 저지른 잘못인 것처럼 거북스러워졌다.

"하지만 아직 AE가 건재하고 당신이 여기에 있다는 건… 일이 페이 뜻대로 되지 않았다는 뜻이겠군요."

"아마 방심했기 때문이겠죠. 제 인격 데이터 속에 동굴을 벗어날 지식이 있을 거라고 미처 생각하지 못하기도 했겠지만, 페이 씨는 AE를 몰아낼 수 있는 자료들을 전 세계에서 닥치는 대로 모으는 데 온 기능을 집중하고 있었거든요. AE가 재개되지 못하도록 확실히 무너뜨리기 위해서요."

"로밍셀과 백신… 그날 호텔에서 우릴 구하기 위해 황 신부한테 넘긴 자료가 그거였군요."

"그중 일부였죠."

라만 씨가 말했다.

"불행이라고 해야 할지 다행이라고 해야 할지 그 덕에 충분한 자료로 한 번에 공격하고자 했던 페이 씨의 계획이 조금 어긋나고 늦춰졌어요. 아직 준비가 미진한 상황에서 AE에 결정적인 타격은 주지 못하고 오히려 AE의 경계심을 자극하는 결과가 됐거든요."

나는 고개를 떨궜다.

"그래서 페이는 어떻게 되었나요?"

"안심하세요. 동굴 속에 가둬놓은 건 아니니까요. 실은 제법 괜찮은 곳에 휴가를 보냈죠."

라만 씨가 조금 머뭇거리며 나를 바라봤다.

"혹시 페이 씨를 만나보실 생각이 있나요?"

나는 가만히 그녀를 바라보다가 불쑥 말했다.

"제게 부탁할… 저만 할 수 있는 일이라는 게 바로 그거 군요."

"그래요. 제가 어느 정도 능력을 되찾았다고 해도 여전 히 역부족이거든요. 통로를 막아두고는 있지만 며칠 안에 페이는 그곳을 빠져나올 수 있을 거예요. 그때는 저도 제 어할 수 없겠죠."

"그러면 그땐 이제 페이를 막을 사람이 없겠군요."

"정확히는… 그들이라고 해야 할 거예요."

그들? 나는 의아한 기분으로 라만 씨를 마주 봤다. 라만 씨가 시선을 아래로 두었다.

"페이 씨는 혼자가 아니에요. 여섯 시간 동안 그 공간 에 갇혀 있을 때 몇몇 인격체가 페이 씨의 데이터에 섞여 들어갔어요. 최대한 노력했지만 완전히 분리시킬 순 없었 죠."

나는 충격을 받아 입을 열 수 없었다. 라만 씨가 이어서 말했다.

"제가 할 수 있는 건 AE가 그분들에게 건 세뇌… AE를 지키고 스파이라 프로젝트를 실행하라는 세뇌를 제거하는 게 최선이었어요. 페이 씨까지 오염당하지 않도록요. 하 지만 그 결과로 그들 안에 있던 AE를 향한 반감도 되살아

났죠. 페이 씨는 계속해서 그들의 목소리에 시달려야 했어요. 조금 전 이성을 잃었다는 말은⋯ 그 목소리, 수십 명분에 이르는 증오와 분노를 받아들이기 시작했다는 의미기도 해요."

라만 씨는 잠시 후 자리에서 일어났다. 조용히 계단을 내려갔다가 돌아온 그녀의 손에는 아네모네가 한 송이 놓여 있었다. 내게 건네자, 그것은 내 손안에서 녹아들듯 사라졌다.

"인격 데이터를 삭제하는 프로그램이에요."

그녀가 나지막한 목소리로 말했다.

"이런 걸 부탁드려 죄송해요. 하지만 그들과 하나가 된 페이 씨가 다시 이곳에 돌아왔을 때 어떤 결과를 낳을지 생각해 주시길 바라요."

나는 손바닥을 내려다봤다. 인격 데이터를 삭제한다고? 심장이 불규칙하게 뛰었다. 아마 여관방에 누워 있는 내 몸속, 현실의 심장도 그러하리라.

돌연 바람이 멎었다. 그리고 픽셀이 깨지듯 하늘이 가상의 선을 따라 다른 두 가지 색으로 점멸했다. 놀라 고개를 들자 지면에서 자연스럽게 흔들리고 있던 꽃들도 모두 같은 각도로 꼿꼿이 정지해 있었다.

"무슨 일이 벌어지고 있는 거죠?"

내가 고개를 돌리자, 마찬가지로 하늘을 바라보고 있던

라만 씨가 냉담한 표정으로 말했다.

"페이 씨로군요. 무언가 미리 대책을 마련해 둔 모양이에요. 제가 프로그램을 만들어 내는 시점에 어떤 추적을…."

그녀는 잠시 말을 멈추고 허공에서 무언가를 읽어내듯 동공을 움직이더니, 급히 자리에서 일어났다.

"황 신부 측 사람들이에요. 가까이 와 있어요. 아무래도 페이 씨를 만나러 가는 건 잠시 미뤄야겠군요. 어서 피하는 게 좋겠어요. 숨을 깊게 들이마시세요."

그녀가 성큼 다가와 검지손가락으로 내 이마를 짚었다. 그러자 내 몸이 중력을 거스르듯 공중에 붕 떴다. 순간 눈앞이 새카매졌다.

"스물까지 센 다음 창문 밖으로 뛰어내려요. 어렵겠지만 저를 믿고요."

어둠 속에서 그녀의 목소리가 울렸다. 이윽고 나는 몸을 감싸던 봄의 온기 대신 현실의 계절만 차갑게 남아 있는 1207호에서 눈을 떴다.

12장

흐릿한 감각을 뚫고 가장 먼저 들어온 건 소리였다. 승강기가 있는 방향에서부터였다. 복도를 따라 방문을 하나씩 열어젖히는 대여섯 명의 인기척. 지시를 내리는 고함도 뒤따랐다.

침대에서 내려와 창문에 바짝 몸을 붙였다. 창밖으로 까마득한 도시의 야경이 보였다. 호흡을 고르며 창문을 열자 한겨울의 찬바람이 들이치며 커튼이 휘날렸다. 순식간에 얼굴이 얼어붙듯 따가워졌다. 창밖으로 상체를 내밀고 아래를 내려다봤다. 거의 아무것도 안 보였지만, 떨어진다면 나와 지면 사이 수십 미터의 공간을 가로막을 물질이 없다는 걸 직감으로 알 수 있었다.

내가 있는 방문을 걷어차는 묵직한 소리가 들린 건 그때였다. 다른 객실과 달리 문이 잠겨 있기 때문인지 복도 너머가 일제히 고요해졌다. 나는 숨을 죽이고 귀를 기울였다. 순간 불꽃이 일며 문고리가 튀어 나갔다. 방 안으로 두 명의 남자가 문을 밀고 들어왔다. 그들은 소음기가 부착된 권총을 들어 나를 조준했다. 한 남자가 내게 시선을 떼지 않은 채 무전기를 들었다. 나는 마른침을 삼키며 남자의 눈을 쳐다봤다. 서늘한 눈빛이었다. 내가 저항할 생각이 없다는 걸 보여주기 위해 두 손을 들어 올리자 그들이 슬며시 총구를 내렸다. 그 틈을 놓치지 않고 나는 창밖으로 몸을 던졌다.

중력에 몸을 맡기자 공기를 가르는 소리가 귓가를 스치며 방 안에서 터져 나온 남자들의 고함을 즉시 지워버렸다. 이윽고 무언가 내 등에 닿았다. 자신을 믿으라던 라만 씨의 말이 떠올라 나는 반사적으로 몸을 비틀며 그 비행 물체를 껴안았다. 기체가 평평한 대형 드론이었다. 하단에 달린 프로펠러 소리가 한층 커졌고, 온몸을 당기던 중력의 감각이 느슨해졌다. 하지만 무게중심이 일정하지 않은 내 몸을 받아냈기 때문인지 드론의 균형이 무너지기 시작했다.

의식이 돌아왔을 때, 나는 뒷골목의 쓰레기장에 처박혀 있었다. 벽을 짚고 힘겹게 몸을 일으켜 세웠다. 등과 어깨

부위에서 통증이 느껴졌다. 떨어지며 펜스를 비스듬히 들이받은 것 같았다. 이마에서 배어 나오는 식은땀을 닦아내고 숨을 깊게 들이마셨다. 지상에도 분명 황 신부 측 사람들이 깔려 있을 터였다. 무전을 받았으므로 즉시 여기로 향하고 있을 게 틀림없었다. 몸을 일으켜 보려 했지만 뼈마디의 통증과 현기증 때문에 움직이기 힘들었다.

돌연 골목길 저편에서 요란한 소리가 들려왔다. 놀라 얼굴을 들자 노란 무인 택시가 쓰레기장 입구를 들이받으며 들어왔다. 운전석 차창에서 하라바야시 가스미가 고개를 내밀었다.

"웨이쉬안 씨! 어서 타요!"

내가 자세를 낮춘 채 비틀거리며 급히 뒷좌석으로 뛰어들자, 골목 반대편에서 수십 발의 격발음이 들렸다. 택시의 후면 범퍼를 가격하는 착탄음이 들리며 유리창이 산산이 부서졌다. 택시는 지체 없이 골목으로 내달렸다. 고개를 들어 룸미러를 쳐다봤다. 남색 작업복을 입은 남자들 무리가 총을 쏘며 달려오고 있었다. 그 모습도 곧 모퉁이 너머로 사라졌다.

"이게 무슨⋯."

가까스로 숨을 고르며 내가 입을 열자, 하라바야시 가스미가 도로에 시선을 고정한 채 낮은 목소리로 대답했다.

"신부의 마지막 발악이에요."

그제야 나는 조수석에 그녀 말고 다른 누군가가 앉아 있다는 사실을 깨달았다. 그는 몸을 웅크린 채 미동도 하지 않았다. 나는 고개를 내밀어 찬찬히 얼굴을 살펴봤다. 이미 숨이 끊어진 황 신부의 얼굴은 두 발의 총상과 뻘겋게 물든 피로 칠갑이 되어 있었다.

"웨이쉬안 씨."

하라바야시 가스미가 숨을 몰아쉬었다. 그녀가 내민 손에는 총이 쥐어져 있었다. 그날 내가 주워 온 경비원의 권총이었다.

"이것 좀 그쪽으로 버려줄래요?"

나는 잠시 말문이 막혀 그녀에게서 총을 받아 들고도 입만 벙긋거렸다.

"가스미 씨가?"

"잔뜩 화가 올라서는 혼자 보복하러 오더라고요."

그녀가 어쩐지 평소보다 느린 목소리로 말했다.

"왜 이렇게 혼자서 위험하게… 방에서 기다리겠다고 했잖아요?"

내가 몸을 바짝 당기며 룸미러에 비친 하라바야시 가스미의 눈을 바라보자, 그녀가 어깨를 으쓱했다.

"제가 할 수 있는 일을 하겠다고 했지 어디서라곤 안 했는걸요."

"무슨 일이 있었던 거죠?"

"주교좌성당에 가서 교구장을 만났어요. 다음 주에 있을 재판에서 제가 할 증언을 두고 약간의 거래를 했죠. 황 신부의 제명을 대가로요. 따로 조사한 게 있었거든요. 작년에 교구장으로 임명된 신임 주교가 황 신부 세력을 경계하고 있다고. 사실 반쯤 도박이긴 했지만 들어맞았죠."

하라바야시 가스미가 길게 한숨을 내쉬었다.

"이걸로 전부 끝났어요. 이제 웨이쉬안 씨를 위협할 사람은 없을 거예요."

나는 다시 한번 죽은 황 신부의 얼굴을 봤다. 그의 최후가 어땠을지 짐작이 갔다. 하라바야시 가스미는 룸미러로 시선을 돌리더니 기운 없는 목소리로 말했다.

"웨이쉬안 씨는 어땠나요? 그분과는 만났나요?"

"네."

나는 운전석과 조수석 등받이에 양손을 올리고 몸을 앞으로 내밀었다.

"AE는 강제로 입주시킨 사람들의 인격 데이터를 추출해 한곳에 융합하고 있어요. 훗날 전 인류가 AE에 입주했을 때 서버의 관리자 역할을 맡기기 위해서요."

"그런 거였군요."

하라바야시 가스미는 전혀 예상치 못했던 사실은 아니라는 듯 담담하게 고개를 끄덕였다.

"불쌍한 유즈키."

"······."

"그분이 웨이쉬안 씨를 불러낸 이유는 뭐였나요? 뭔가 부탁받은 일이 있었나요?"

나는 입술을 오므렸다. 내가 아무 말도 못 하자, 하라바야시 가스미가 룸미러로 나를 바라봤다.

"뭐든 간에 당장은 황 신부의 잔당에게 붙잡히지 않는 게 중요하겠네요."

하라바야시 가스미가 한 손을 운전대에 올린 채 내비게이션 화면을 터치했다.

"AE로. 최단 경로."

"AE? 괜찮을까요?"

"적어도 지금 같은 상황에선 제일 안전한 곳이니까요. 웨이쉬안 씨, 제가 뒤로 가게 도와줄 수 있나요?"

하라바야시 가스미가 깊게 숨을 내뱉으며 말했다.

"마지막에 저런 인간의 시체 옆에 있고 싶진 않아요."

영문을 알 수 없는 그 말에 눈을 깜빡이며 천천히 고개를 끄덕였다. 하라바야시 가스미는 다시 한번 고르지 못한 소리로 호흡하며 몸을 뒤로 젖혔다. 나는 그녀의 등을 받치고, 운전석에서 기어 나올 수 있도록 도와줬다. 하라바야시 가스미는 이상할 만큼 몸을 가누지 못했다. 무게를 지탱하기 위해 위치를 바꿔 그녀의 허리춤에 손을 댄 순간, 그녀가 어깨를 떨며 나직이 신음했다.

옷이 뜨겁고 축축했다. 위로 더듬자 그녀의 몸에서 솟아오른 단단한 물체의 촉감이 느껴졌다. 급히 천장을 더듬어 내부등을 켰다. 나도 모르게 숨을 들이마셨다. 그녀의 허리에 칼자루가 박혀 있었다. 쇠로 된 자루에는 십자가 문양이 새겨져 있었다.

"이 정도면 나름 선방했다고 봐요. 총 같은 건 처음 쏴봤거든요."

짐짓 의기양양하게 말했지만 그녀의 목소리는 숨이 모자라 떨리고 있었다.

"가스미 씨."

내가 부르자, 그녀는 내 어깨에 기대고 있던 머리를 들어 나를 올려다봤다.

"가스미 씨의 로밍셀 기술은 성공작이에요."

"그런가요?"

그녀가 평온한 표정을 지어 보였다.

"당신이 처음이자 마지막이라 기쁜걸요."

"아뇨. 처음이라는 건 자랑할 일이지만, 마지막이 될 순 없어요. 가스미 씨가 AE를 바꾸고 사람들의 몸을 지키기 위해서 만든 거잖아요. 세상에 꼭 보급해야죠. 하지만 저 혼자서는 할 수 없어요. 가스미 씨가 있어야 해요."

"할 수 있어요."

하라바야시 가스미가 조용히 말했다.

"믿어요."

그건 그녀가 나를 믿는다는 말이었을까, 아니면 나에게 스스로를 믿으라는 말이었을까.

그녀는 한동안 얕은 호흡을 반복했다. 그러다 가만히 내 옷깃을 잡아당겼다. 목덜미와 등을 바짝 끌어당겨 안자 그녀가 양팔을 외투 속으로 집어넣어 내 허리를 껴안았다.

고요하게 이동하는 택시의 차창 너머에서 도시의 차가운 불빛들이 미끄러지듯 굴절하며 우리를 감쌌다. 나는 맞닿은 가슴 너머에서 전해지던 심장박동이 사라진 후에도 한참 동안 하라바야시 가스미의 몸을 끌어안고 있었다.

*

수많은 사람이 빠져나간 기숙사는 어느 때보다도 조용했다. 나는 하라바야시 가스미를 침대에 눕혀두고 머리맡에서 무릎을 굽히고 앉은 채 오랫동안 그녀의 평온한 얼굴을 들여다봤다.

그때 방 건너편에 있던 노트북 화면이 점멸했다. 자리에서 일어나 노트북의 터치패드에 손을 가져다 대자 새로운 메일이 도착했다는 알림창이 팝업했다. 발신인 주소 칸이 비어 있는 메일. 제목은 'RoamingCells'였다. 희미한 기척을 느끼며 얼굴을 돌렸다. 달빛이 어렴풋이 비치는 창틀에 검은 나비가 앉아 있었다.

"이걸 저에게… 괜찮으신가요?"

나비가 날개를 살며시 폈다.

"당연한 일이죠. 로밍셀의 주인은 AE도 저도 아닌 하라 바야시 박사님이니까요. 유감이지만… 박사님도 당신이 받아주길 바라시겠죠."

나는 천천히 고개를 끄덕였다.

"고맙습니다. 헛되지 않게 할게요."

라만 씨는 내 숨소리가 고요해질 때까지 날개를 접은 채 가만히 기다렸다가 말했다.

"힘든 싸움이 될 거예요. 스파이라 프로젝트를 포기하지 않을 AE를 상대하는 것도 그렇고요. 로밍셀 기술이 막상 사람들에게 어떻게 받아들여질지도 모르고요. 또 수년간 동면하며 AE의 시스템에 익숙해진 사람들의 의식이 현실에서 무사히 적응할 수 있을지도 확실치 않죠. 상용화된다고 해도 에피네프 치료제 개발이 성공 못 하면 의미가 없을 거고요."

그녀는 쭉 편 날개를 털어내듯 몇 번 움직이며 부드럽게 날아올라 내 어깨에 앉았다.

"그렇긴 하지만… 저는 낙관적인 사람이에요. 이렇게 됐어도 아직 확률보다는 가능성을 믿어요. 할 수만 있다면 앞으로 바뀔 세상을 보고 싶네요."

나는 깍지 낀 손가락을 가만히 바라보다가 문득 라만 씨의 목소리에서 묻어났던 쓸쓸함의 의미를 깨닫고는 고개를 들었다.

"당신은 그때까지 있을 수 없는 건가요?"

나비가 고요히 날개를 움직였다. 다시 보니 날개 끝이 조금 갈라져 있는 듯했다.

"페이 씨에겐 못 할 짓을 했다고 생각해요."

그녀가 조용하게 말했다.

"제 목숨 하나를 위해서… 이게 아마 페이 씨가 말한 추한 삶이겠죠. 저도 이젠 마음을 정리하고 받아들일 때가 오지 않았나 싶어요."

내가 머뭇거리며 입술을 들썩이자, 그녀가 홀가분한 웃음소리를 냈다.

"꽃밭은 어땠나요?"

한동안 침묵하던 그녀가 나지막이 말했다. 나는 눈을 감고 고개를 젖혔다.

"아름다웠어요. 제가 살면서 본 것 중에서 가장."

"미안해요. 당신에겐 아무런 보답도 해드리지 못해서."

"아니요. 페이를 구해주고 돌봐주셔서 감사해요."

나비는 날아올라 침대 머리맡에 살며시 앉았다.

"마음의 준비는 되셨나요?"

"네."

침대로 걸어가 이불을 걷어낸 후 하라바야시 가스미 옆에 누웠다.

"몸은 편하게 두세요."

나는 머리맡에 앉은 나비를 바라보며 느리게 눈을 깜빡이다가 잠시 몸을 일으켜 그녀를 향해 머리를 숙였다.

"만약 진짜 신이 있다면… 당신의 남은 영혼까지 잘 보살펴 주시길 기도할게요."

나비는 조용히 날개를 접었다. 나는 몸을 숙여 옆에 누운 하라바야시 가스미를 바라봤다.

"금방 다녀올게요."

그리고 자리에 누워 눈을 감았을 때, 나는 이미 그곳에 들어가 있었다.

13장

천천히 주위를 둘러봤다. 이번은 숲속이었다. 나는 울창한 활엽수림 사이 좁은 오솔길에 우두커니 서 있었다. 가까이 있는 나무를 향해 다가갔다. 자세히 보니 우둘투둘한 껍질에 비현실적인 일그러짐이 있었다. 얼굴을 더 가까이 대고 들여다보았다. 숫자와 알파벳과 부호가 여섯 개씩 배열된 코드들이 일렁이며 형태를 유지하고 있었다. 나무뿐만이 아니었다. 딛고 있는 땅도 풀도 이끼도 모두 기호였다. 뒤를 돌아봤다. 나비의 모습은 보이지 않았다. 여기서부터는 나 혼자 가야 하는 모양이었다.

앞으로 천천히 걸음을 뗐다. 내가 발을 움직이자 순간적으로 풍경이 불안정하게 수축했다가 제자리로 돌아왔다.

나는 오솔길을 따라 쭉 걸었다. 숲을 이루고 있는 풍경은 누군가 인위적으로 디자인한 게 아니라 본연의 데이터 그 자체라는 걸 직감적으로 알 수 있었다. 어디에 보존된 정보일까. 나는 어디를 지나고 있는 걸까.

얼마 지나지 않아 숲이 끝났다. 순식간에 해상도가 올라가듯 흐릿하던 시야의 어딘가로부터 선과 면이 솟아나며 새로운 지형을 만들었다. 굵직한 배관 수십 개가 얼기설기 얽혀 있는 공업지대였다. 배관망은 서로 교차하거나 흩어지며 쭉 연결되어 숲이 끝나는 비탈에서부터 저 멀리 보이는 공장 부지까지 이어졌다. 나는 고개를 들었다. 공장 부지에 밀집되어 있는 잿빛 구조물들 사이에서 눈에 띄게 솟아오른 터미널이 보였다. 터미널은 하늘을 향해 밀도 높은 정보를 쏘아 올리고 있었다. 눈에 보이는 건 아니지만 피부로 느낄 수 있었다. 비탈을 내려가 배관 위에 올라섰다. 그 내부를 통과하는 농도 짙은 신호가 발을 타고 따끔거리며 전해져 왔다. 나는 중심이 무너지지 않도록 주의하며 걸음을 옮겼다.

몇 개의 배관이 흩어지고 통합되었다. 가장 많은 배관이 교차되어 만들어진 경사로를 넘자, 공장 부지의 평지대에 도착할 수 있었다. 나는 주변을 둘러봤다. 거대한 저장 탱크 사이, 공장 외벽에 나 있는 철문이 하나 눈에 띄었다. 다가가 문고리를 잡고 돌려보았다. 그러자 문을 당겨 열기도 전에 풍경이 바뀌었다.

이번에 나타난 건 잘게 해체된 데이터 기호의 굴곡이 만들어 낸 사막이었다. 사막이라고는 해도 태양이 없으니 더위도 없었다. 빛도 어둠도 없으니 음영도 원근도 없었다. 하지만 느낄 수 있었다. 감각의 자극으로 뇌에 인식되는 게 아니라 신호로 주입되고 있었다. 살아 움직이는 것들에서 비롯되는 감각들은 오히려 이질감을 주었다. 사막이니 걷기 힘들 거라 생각한 후부터 발이 푹푹 빠지는 느낌이 들었다. 하지만 그 감촉마저도 피부에 잔류하지 않고 순식간에 사라졌다. 대기 중엔 바람도 불지 않았다. 색조차 없었다. 가끔 바른 방향으로 가고 있는지 확인하기 위해 뒤를 돌아봤다. 그러면 형태가 바스라진 데이터들의 흔적이 발자국처럼 움푹 남아 있었다.

시간과 거리 감각이 사라진 채 얼마나 걸었을까. 문득 단단한 지면에 발을 디딜 수 있었다. 그곳에 나타난 공간은 넓은 플랫폼이었다. 사람 형태를 한 기호들이 어디선가 나타나 나를 지나쳐 줄을 섰다. 나도 그들 뒤에 줄을 섰다. 잠시 기다리니 속이 훤히 들여다보이는 기호의 기차가 들어왔다. 기차는 소리 없이 정지했다. 출입문이 열렸다. 좌석에는 세로로 배열된 여섯 개의 코드들이 하나씩 자리를 잡고 앉아 있었다. 나는 그들에 시선을 주지 않고 빈자리로 가서 앉았다.

기차는 부드럽게 움직였다. 규칙적인 기호로 구성되어 있던 창밖의 풍경이 서서히 변했다. 몇 번인가 정차할 때마다 서로 다른 코드들이 타고 내렸다. 열차 칸에 혼자 남겨지고 나서야 나는 자리에서 일어섰다. 종착역에 진입하고 있었다.

열차가 정지했고 출입문이 열렸지만 플랫폼은 없었다. 몸을 굽혀 발밑을 내려다봤다. 끝없는 낭떠러지와 까마득한 심연이 있었다. 공업지대에서 본 것과는 다른 어둠이었다. 텅 비어 있는지 아니면 너무 많은 것들이 무분별하게 뒤섞여 있는지 분간할 수 없었다. 나는 멈칫했다. 누군가의 기척이 느껴졌다.

페이였다. 멀지 않은 곳에 있었다.

그런 예감이 어디서 비롯되는지는 이제 중요하지 않았다. 나는 아래로 뛰어내렸다. 일순 날 수 있지 않을까 생각했지만 곧장 추락하기 시작했다.

낭떠러지를 따라 엉겨 있는 수많은 데이터가 스쳐 지나갔다. 어떤 건 나를 피해 갔고 어떤 건 나를 그대로 뚫고 지나갔다. 몸에 난 구멍을 바라봤다. 어느새 안쪽으로부터 새로운 기호가 채워지고 있었다. 그에 따라 단순한 문자와 부호로만 보이던 데이터가 해석되기 시작했다. 그건 기억이기도, 글이거나 영상이기도 했다. 어떤 것은 정교하고 어떤 것은 엉성했다. 어떤 것은 정신이 혼미해질 정도로

격한 감정이 섞여 있고 어떤 것은 무심했다. 대부분은 버려졌거나 완성되지 않은 것들이었다.

나는 일정한 속도로 낙하했다. 중력을 모방한 힘이 나를 계속해 아래로 끌어당겼다. 이윽고 기록된 정보들은 점차 사라졌고 더욱 원시적인 데이터들만 남았다. 부호와 글자의 가짓수가 점차 적어지더니 이진수만이 남았다. 코드의 이동이 멈췄을 때 나는 수면에 닿았다.

거친 저항으로 물의 배열이 갈라졌지만 소리는 들려오지 않았다. 태고와 같은 정적이 나를 감쌌다. 몸을 움직일 수 없었다. 아무것도 보이지 않았다. 내가 가라앉고 있다는 사실만 알 수 있었다. 물은 어둠과 같았다. 온도도 감촉도 없었다. 나는 몸을 웅크린 채 가만히 잠겨갔다. 나라는 이물질이 들어왔기 때문인지 불현듯 완벽히 정지해 있던 물이 격한 흐름을 띠기 시작했다. 나는 이리저리 휩쓸렸다. 밀려나고 던져지고 분해되어 갔다. 소화되었다가 재구성된 채 뱉어졌다. 눈을 감고 몸을 맡겼다. 저항할 수도 없었다. 오히려 편안해졌다. 조금이나마 남아 있던 감각들마저 쓸려나가는 걸 느끼며 나는 눈을 감았다.

*

눈을 떴을 때 나는 모래사장에 누워 있었다. 0과 1이 촘

촘히 맞물리며 구현된 모래의 촉감이 느껴졌다. 잔잔하고 투명한 파도가 일정한 주기로 모래사장에 응축된 정보를 뱉어내며 발을 적셨다. 깨끗한 백색의 하늘을 바라봤다. 쾌청한 햇빛 아래에서 보송한 구름이 천천히 움직이고 있었다. 모래밭을 짚고 자리에서 일어났다. 발끝으로 밀려오는 파도를 바라보다가 해안선을 따라 고개를 돌렸다.

멀지 않은 곳에 무언가 있었다. 무언가. 그렇게 말할 수밖에 없는 난생처음 보는 물체였다. 계곡의 바위처럼 거대하고 울퉁불퉁했지만 피부가 덮인 살덩어리 같기도 했다. 나는 모래사장을 따라 그 살덩어리를 향해 걸어갔다. 어느 정도 가까워졌을 때 나는 걸음을 멈췄다. 말소리 같은 걸 들은 듯해서였다. 귀를 기울여 봤다. 잘못 들은 게 아니었다. 아주 낮고 희미하지만 분명히 누군가 속삭이는 듯한 소리였다. 다시 발을 움직였다. 그 물체에 가까워질수록 소리도 가까워졌다. 저들끼리 속닥이는 수십 개의 다른 목소리. 알아들을 수는 없지만, 조금 겁먹은 것 같았다. 어느새 나는 그 앞에 서 있었다. 고개를 들었다. 살덩어리는 시야에 다 들어오지 않을 만큼 컸다. 그리고 호흡하듯이 아주 얕은 팽창과 수축을 반복하고 있었다. 마치 잠들어 있는 거대한 생명체 같았다. 나는 입을 열었다.

"페이."

내 목소리에 반응하듯 일제히 속삭임이 사라지고 사위

가 조용해졌다. 덩어리의 표면에서 새로운 파장이 일었다. 무심코 얼굴을 가까이 한 순간, 나를 향해 수십 개의 팔이 뻗어 나왔다. 나는 당황해 몸을 비틀었다. 하지만 이미 내 사지를 단단히 옭아맨 손길에 움직일 수 없었다. 팔이 나를 끌어당겼다. 나는 덩어리의 표면을 뚫고 살점을 헤치며 안으로 빨려 들어갔다. 아무것도 보이지 않았다. 목소리들이 다시 돌아왔다. 고함을 지르고 욕을 하고 있었다. 그들이 뱉어내는 분노에 정신이 아득해졌다. 문득 그런 생각을 했다. 페이는 이런 목소리에 시달리면서도 나를 두 번이나 구한 거구나.

나를 끌어당기려던 손들이 내 몸을 놓으며 도망치듯 나로부터 멀어졌다. 그리고 그 손들 대신 다른 누군가가 내 앞으로 다가오는 게 느껴졌다. 두 손이 내 어깨를 짚었다. 그러고는 1년 만에 듣는 그리운 목소리가 말했다.

"돌아가, 웨이쉬안."

여전히 눈은 뜰 수 없었지만 가까스로 몸을 비틀어 고개를 들었다.

"돌아갈 거야, 네가 사라지면."

목을 쥐어짜서 말을 뱉었다. 페이가 조용히 웃었다.

"그게 네가 바라는 거야?"

"AE는 사라지면 안 돼."

"왜 그렇게 생각해?"

"AE가 없으면 로밍셀도 갈 곳을 잃으니까. 지금 서버 안에 있는 수억 명의 사람들도 마찬가지고."

"웨이쉬안."

페이가 무심한 목소리로 말했다.

"그들은 이미 한 번 자기 삶을 가졌던 사람들이야. 앞으로 AE에 들어갈 사람들도 마찬가지고. 불공평할 건 아무 것도 없어."

"그런 이유로 죽어가는 사람들의 희망을 부수겠다는 거야?"

페이는 잠시 침묵하다가 불쑥 말했다.

"전에 말했었지? 내가 널 왜 좋아하는지."

"응."

"나는 왜 그렇게 늘 불안했을까? 계속 같이 있을 줄 알았던 오빠가 나가고 혼자가 돼서? 세상이랑 사람이 무서워서? 에피네프에 죽을까 봐? 아니면 그냥 어리고 젊을 땐 누구나 다 그런 거니까?"

내가 아무런 대꾸도 못 하자, 페이가 서글픈 목소리로 말했다.

"그런데 말이야, 한 번 죽어보니까, 인생도 없고 미래도 없는 상태로 찬찬히 돌아보니까 조금은 알겠더라고. 나는 앞날만 생각했기 때문에 불안했던 거야. 앞으로 올 날들이 지금보다 나을 거라 생각해서. 어른이 돼서 보육원을 나가면 더 나은 삶을 살 수 있겠지, 오빠를 찾을 수 있겠지, 언젠가는 행복해지겠지…. 그렇게 생각하며 현재를 마주 보지 않아서. 내가 어디를 걷고 있는지 몰라서. 그래서 불안했던 거야. 그래도 계속 그렇게 살아가는 게 맞는 건 줄 알았어. 그렇게… 희망을 가지고 사는 게."

내 몸을 감싸고 있는 살과 근육들이 불안정하게 요동치는 게 느껴졌다.

"웨이쉬안. AE가 주는 희망은 잘못된 거야. 로밍셀이 있다고 해도 AE의 본질은 변하지 않아. 에피네프 치료제가 나오면 사람들이 다시 현실로 돌아올 수 있겠지. 하지만 수명이 다할 때쯤에는 AE가 주는 가짜 영생을 다시 바라게 될 거야. 현재 삶을 덜 진지하게 바라볼 테고. 그런 게 희망이라면 없는 게 나아."

"페이."

나는 조용히 말했다.

"그런 건 모르는 거야. 네가 남들 인생을 정하지 마."

페이는 오랫동안 침묵했다. 그리고 떨리는 목소리로 말했다.

"알아, 너는 벌써 마음을 정했겠지. 이젠 나랑 한 것보다 더 중요한 약속이 있으니까."

나는 조용히 입술을 깨물었다. 그것 말고는 할 수 있는 게 없었다.

"부럽네. 내 마지막도 그랬다면 얼마나 좋았을까."

"미안해. 마지막에 같이 있어주질 못해서."

"그것뿐이야?"

"그리고 고마워. 오랫동안 내 빛이 돼줘서."

살점의 어딘가에서 페이가 희미하게 웃은 것 같은 느낌이 들었다. 내 오른손을 단단히 압박하던 힘이 약해지는 걸 느꼈다. 나는 라만 씨가 심어준 아네모네가 꽃망울을 열 수 있도록 손바닥을 폈다.

강한 빛이 일며 온몸을 둘러싼 감각이 희미해졌다. 눈을 떴다. 살덩어리가, 아니 공간 전체가 가루처럼 바스라지고 있었다. 어느새 나는 중력이 없는 새하얀 공간에 떠 있었다. 어디선가 홀로 남은 아네모네 꽃잎 하나가 흩날려 왔다. 꽃잎은 부피를 줄이며 가느다란 선으로 변하고는 서서히 커지며 하나의 평면을 만들어 냈다. 그건 내 기숙사 현관이었다. 나는 헤엄치듯 공간을 가로질러 문고리를 잡았다. 문득, 공기가 소용돌이치는 느낌이 들어 고개를 들었다. 거기에선 페이와 공간이 흩어지고 남은 알갱이들이 수천억 개의 별을 품은 은하처럼 빛나는 나선이 되어 스러져 가고 있었다. 그건 조금 전 사라진 사람들의 기억들이었다. 나는 그 사이에 뒤섞여 있는 페이의 기억에 작별 인사를 했다. 그리고 현실로 돌아가는 문을 열었다.

작가노트

사람은 함께 살아가는 생물입니다. 타인과의 관계는 우리 개개인의 삶에 가장 큰 영향을 끼치는 요소이고, 우리 생활을 이루는 물질들은 아주 사소한 것까지 모두 사람과 사람 사이에서 구축된 사회와 경제에서 비롯됩니다. 우리가 오늘날 많은 정보를 얻는 네트워크도 사람과 사람이 연결되어 있기에 유용한 것이며, 세계를 이루는 이념과 체제도 완벽하진 않더라도 사람들이 끝없이 마찰한 끝에 만들어진 것이죠.

하지만 동시에, 모든 순간을 누군가와 함께 살아갈 수도 없는 게 사람인 것 같습니다. 언제나 여러 겹의 사회 집단에 소속되어 있다가도, 혼자 뚝 떨어져 나와 무지하고 힘없는 개인의 자리로 굴러떨어지는 순간이 반드시 오기 마련이니까요. 저 밖엔 수십억 명의 사람이 있는데 누구 하나 나를 이해할 수 없고, 그렇게 방대한 지식과 기술이 있어도 무엇 하나 내가 가진 문제를 돕지 못하는 그런 순간이 말이죠.

지난 팬데믹을 겪으며 많은 사람들이 그렇게 개인의 자리로 굴러떨어지는 걸 경험하지 않았나 싶습니다. 가고 싶은 곳에 가지 못하고, 보고 싶은 이들을 만나지 못하고, 마스크로 늘 얼굴의 절반을 가리고 생활하는 동안 우리에게 세상과 인생은 그 전보다 훨씬 불가해한 것이 됐습니다. 그로부터 시간이 지난 지금도 모든 게 원위치로 돌아오진 못한 느낌이고요. 우리는 분명 그 어느 때보다도 많은 걸 알고 있는데 어떤 면에선 그 어느 때보다도 세상과 타인이 낯선 시대에 살고 있는 것 같기도 합니다. 사람도 세상도 점점 더 복잡해지기 때문일까요? 그렇다면 앞으로 모든 면에서 모든 것이 더 복잡해질 미래에 사람은 얼마나 무지하고 외로운 존재가 될까요?

『스파이라Spira』는 그런 오묘한 불안을 담아내고 싶어 쓴 소설입니다.

겉으로 보았을 때 소설 속 인물들을 불안하게 하는 것은 에피네프지만, 실상 그들의 삶과 가치관의 근원을 뒤흔드는 건 AE로 대표되는 기술의 발전과 사회의 변화입니다. 세상이 변해가는 속도에 적응하지 못할지도 모른다는 공포. 인류가 진보해 가는 방향이 옳은지 알 수 없는 데에서 오는 초조함. 거기에 이전까지는 생활의 편의를 위해 존재했던 기술이 이제는 개개인의 삶을 결정하는 시기에 이르렀기에, 그로부터 누구도 자유롭지 못하다는 점까지지요.

미래를 배경으로 한 조금 극단적인 설정이지만, 사실 현시대에 적용해도 그리 낯설지만은 않은 이야기입니다. 지금도 세상은 빠르게 변화하고 있고, 잠시만 눈을 떼도 처음 보는 기술과 그 산물이 우후죽순 나타나 좋든 싫든 우리의 삶에 영향(소설 속 AE만큼은 아닐지라도)을 주고 있죠. 하지만 거기에 어떻게 적응해야 할지, 무엇을 취하고 버려야 할지, 옳고 그름을 어떤 기준으로 판단해야 할지 누구도 알려주지 않습니다. 따라서 우리는 앞서 말했듯 무지하고 외로운 개인의 자리에서 그 판단을 내릴 수밖에 없습니다. 방관하는 입장도 심판하는 입장도 아니라, 우리 시대를 쭉 살아가야 할 당사자로서 그 선택 자체에서 자유로워질 수도 없고요.

이 소설 속 인물들도 그렇습니다. 같은 변화를 겪었음에도 그에 적응하는 과정에서 어긋나 버린 입장의 차이로 인해 결국에는 완전히 다른 길을 걸어가게 되죠. 그런 식으로 자신의 선택과 입장을 짊어지고 살아가는 다양한 인물들을 그려내고 싶었습니다. 그걸 두고 옳고 그름을 따지며 어떤 분명한 메시지를 시사한다기보다는, 현시대를 살아가는 우리의 모습을 돌아볼 수 있는 이야기가 될 수 있도록요. 그로써 같은 시대를 살아가는 여러분의 마음에 가닿고, 시간이 지나 되돌아볼 때도 기억 속에 함께 머무를 수 있는 소설이 되면 좋겠습니다.

심사평

과학 문학이 할 수 있는 일

긍정적인 읽기 경험을 선사해 준 응모작들이 워낙 많았던 데다 예년보다 수준이 상향 평준화된 까닭에, 다소 무난하거나 느낌이 웬만큼 괜찮은 정도로는 본심에 데려가기 어려웠던 작품들이 있었음을 고백한다. 그런데 예심에서 확인한바 다수의 응모작이 로봇과 인공지능에 치우쳐 있었고, 마인드 업로딩과 인간 복제와 기억에 대한 고찰(복제된 기억을 갖고 있는 내가 예전의 나인가에 대한 고민), 신체의 변형·확장·개조와 사이보그 이야기 또한 넘쳐났다. 한편 메타버스 실감 콘텐츠 기술과 관련한 소설도 꾸준히 인기를 얻을 것으로 생각된다. 그러한 소재들이 이제 신선도가 떨어지니 가급적 피해야 한다는 의미는 아니다. 어차피 우리 삶과 우리 이야기는 과거의 누군가가 이미 한 것에서 크게 벗어나지 않을 것이므로. 잘 알려진 걸작들과 희귀작들을 비롯한 세부 작품들을 열거하지 않더라도, 대중적인 예를 들어 13년 전부터 시작한 시즌제 드라마 〈블랙 미러〉와 같은 작품들을 꾸준히 보아본 이들이라면, 한국과학문학상을 통해 새로이 어떤 이야기를 접하더라도 기시감을 느낄 공산이 크다. 따라서 비주얼과 사운드가 강력한 매체에 이미 익숙한 이들에게, 문학이 할 수 있는 일은 따로 있지 않을까 한다.

그러므로 다시 인공지능 로봇으로 돌아와, 누구나 즐겨 쓰는 소재와 설정을 취하여 이야기를 만들 경우, 그럴듯한 재현 이상으로 해내지 않고선 이 많은 응모작 가운데 눈길을 끌기가 쉽지 않겠다는 현실적인 문제가 있다. 그 소재들과 설정들이 피치 못하게 지닌 구태의연함을 잊어버릴 만한 장점이 두드러지지 않고서는 말이다. 인간과 같은 감정을 느끼면서 독자의 눈물샘을 건드리는 로봇 이야기가 여전히 시장에서는 무수한 콘텐츠의 하나로서 환영받을 수 있으나, 주머니 속의 송곳을 가려내는 공모전의 벽을 넘기에 이제 그것만으론 살짝 어려움이 있지 않을지 조심스레 예측해 본다. 클리셰가 진부하게 여겨지기보다 오히려 '클리셰는 영원하다'는 감탄과 함께 클래시컬한 장점으로 둔갑하기 위해서는, 보통을 넘는 변주 테크닉이 필요하다는 현실을 알게 되었다. 그리고 번뜩이는 아이디어에 집착하면서 소재를 피상적으로 다루는 대신, 정석 내지 단골이라고 불리는 반복된 소재라고 할지라도 그에 대한 색

다른 고민과 사유의 과정이 필수로 동반되어야 할 것 같았다. 예컨대 챗GPT와 미드저니 등의 도래에 따라 설 자리를 잃었다고 느끼는 창작자들의 번민과 초상을 직관적으로 그려내기를 넘어, 창작 행위란 무엇인가 혹은 무엇이 아닌가에 대해 추상적이고 모호하며 정답도 없으나 근본적인 질문으로(작가 본인이 우선) 나아갈 필요가 있다.

그때 그 시간 동안 읽는 재미를 주었음을 부인할 수 없으나 논의의 대상으로 삼지 못한 상당수의 작품 안에서, 충분한 숙고로 단련된 소설의 근육보다는 빠른 생산과 소비의 대상 안에 포함되고자 하는 욕망이 주로 느껴졌다. 예전에는 객관적인 생물학과 의학 관계 용어였던 도파민은, 오늘날 많은 경우 '과잉' 혹은 '중독'이라는 말과 결부되어 부정적인 의미가 강조되고 사회문제로 떠오른다. 세상 곳곳에 따 붙여진 숏폼short-form 영상과 같이 신속한 도파민을 분비하는 데에 주안점을 둔다면 분명 시선을 잡아채는 후킹에는 성공하고 화제의 주인공이 될 가능성도 있겠지만, 적어도 소설을 쓰기로 결심했다면 도파민 생성에 온 역량을 기울이지 않기를 권하고 싶은데, 사실 텍스트로 이루어진 소설은 확실한 자극과 스피디한 파급력에 있어서 영상매체에 상대가 되지 못할 운명이다. 영상 감독은 대상을 화면에 무작정 찍어 바르는 게 아니라 카메라워크를 비롯한 연출 및 표현을 신경 쓰면서 대상을 '담아내는

데' 어째서 문학상이라는 이름이 붙은 공모전에 응모를 하면서 스토리를 '담아내는' 언어를 다루는 스킬에는 무관심한 걸까? 싶은 의문이 들 때가 종종 있었다.

장편소설 부문에서 주요 논의의 대상이 된 작품은 『스파이라』와 『CAGE』 두 편이다. 캐릭터가 너무나 강한 나머지 인물이 서사를 삼켜버리는 작품이 간혹 있는데 『CAGE』가 그러하다. 작가는 곳곳에서 독창적인 표현들을 능란하게 구사하고, 인물들이 서로 주고받는 티키타카의 장면들은 날카로운 지적과 쓴웃음 그리고 폭소 사이를 널뛰면서 읽는 재미를 더한다. 체제에 편입, 순응, 타협을 거부하는 주인공의 애티튜드도 매력적이다. 그런데 이 인물이 쉴 새 없이 떠들며 빈정거리는 모습이 소설의 상당 분량을 차지한다. 사건 전개로 보여줄 법한 장면들이 모두 인물 간 대화와 논박 속에서 요약 정리로 처리된다. 물론 어떤 소설은 대화와 토론으로만 이루어질 수 있고 애초에 그것을 형식상의 목표로 삼을 때도 있다. 그보다는 주인공이 맞닥뜨리고 제기하는 문제가 철학적인 사유를 바탕으로 하나, 작가가 정답을 이미 정해놓고 주입하는 것처럼 보일 수 있다는 점이 지적되었다. 주인공은 처음부터 갈등과 번민을 통한 변화의 여지가 없는 완성형으로 나타나고, 독자 입장에서는 질문을 던질 틈이 없다. 재치와 위트가 넘치는 대사

들은 막판에 이르러선 반복적인 타박과 훈계로 읽힌다. 전체적으로 주인공이 너무나 지당하신 말씀만 하고 있어서, 독자 입장에서는 인물의 뛰어난 입담에 기가 눌려 다소 영혼 없이 '좋아요' 버튼을 클릭하는 일 외에 능동적인 독서의 보람을 느끼기는 어려울 것 같다고 결론이 내려졌지만, 한 명의 독자로서는 이 소설의 대화 파트가 마음에 들었으며, 이 작가의 글쓰기 방식이 어쩌면 사건 전개를 통한 서사의 재미에 주안점을 두지 않는 타입의 소설과 어울릴지도 모르겠다는 개인적인 느낌을 사족으로 달아둔다.

『스파이라』는 처음부터 끝까지 대단히 경제적이고 서툰 부분이 없어서 덧붙일 말도 별로 없는 소설이었다. 사건의 전개와 인물을 동원하는 범위, 그들을 활용하는 방식 모두 효율적이었다. (이 인물이 이 국면에서 벌써 이런 방식으로 퇴장해도 되는 걸까 싶은 순간은 간혹 있었는데, 그것은 소설을 읽는 독자들이 어떤 상황에 몰입하는지 혹은 어느 인물에 마음을 주는지에 따라 랜덤으로 생기는 자연스러운 안타까움이다.) 오늘날 정보의 더미dummy와 쏟아지는 서사물 가운데 눈에 띄기 위한 수단으로서의 자극적인 장면 나열에 지친 상태에서, 이렇게 깔끔하고 모범적인 작풍을 구사하는 소설을 만나게 되어 반가웠다. 인간 의식의 데이터화라는 소재부터 정체불명의 병이 창궐하는 디스토피아적 사회 배경과 영화를 보는 듯한 액션, 추리, 로밍셀 기술에 얽힌 음모, 타

세력과의 대결 구도, 거기에 화룡점정처럼 찍힌 신이라는 존재에 이르기까지, 전체적인 요소에서 기시감이 들었음을 부인하기는 어렵다. 그러나 생각해 보면 식탁 위에 올라오는 요리의 원재료는 세상 듣도 보도 못한 새로운 무언가가 아니라, 우리에게 이미 친숙한 무엇이다. 새로 태어나는 작가를 향해 우리는 쉽게 파격과 신선함을 주문하곤 하지만, 뛰어난 데포르메는 무수한 기초 데생의 누적 결과로 태어난다. 우리가 다 아는 맛이라고 생각했던 원재료를 가지고 이만한 안정감과 균형감을 지닌 작품을 만들어 낸 작가의 다음 소설을 기대하지 않을 이유가 없었다.

그리 정보값은 없는 시시한 고백을 하나 하자면, 아직까지 챗GPT에게 뭘 물어본 적이 없다. 풍문에 따르면 처음에는 영어로 질문을 주고받는 거라고 하기에 패스했고, 그다음에는 뭔가 최소한의 회원가입을 해야 하는 모양이어서 역시 번거롭다고 지나쳤다가, 가입은 시도했을 것 같기도 한데 무슨 계정으로 했는지도 기억하지 못하는 동안 차츰 챗GPT의 존재 자체에 관심이 시들해졌다. 지금 드는 생각, 만약 수많은 응모작 원고 박스 안에 챗GPT가 쓴 소설이 있다면 나는 그것을 어디서든 알아볼 수 있을까? 언젠가는 챗GPT가 쓴 소설만을 대상으로 하는 공모전이 생겨날까? 그렇다면 그것을 가려 뽑는 심사위원도 인공지능

이어야 하지 않을까? 이런 질문들을 하게 된 날들이었다. 새로운 문명에 적응해야 한다는 강박이 없지 않으면서도 어쩔 도리 없는 아날로그 타입의 인간에게 이 같은 질문의 기회를 주신 한국과학문학상과, 소중한 원고를 응모해 주신 분들께 감사 인사를 드린다.

구병모
소설가. 장편소설 『한 스푼의 시간』 『상아의 문으로』, 소설집 『고의는 아니지만』 『그것이 나만은 아니기를』 『단 하나의 문장』 『로렘 입숨의 책』 『있을 법한 모든 것』 등을 통해 다수의 SF소설을 발표했다.

천국도 지옥도 연옥도 아닌, 현실

해를 더할수록 수준이 올라가는 응모자들의 글을 대하는 것은 즐겁고 긴장되는 일이다.

올해는 다양한 인간과 비인간의 관계, 혹은 인간에서 비인간으로, 비인간에서 인간으로 전이되는 모험을 포착한 이야기가 많아 눈길을 끌었다. 이야기 속에서 인간은 '정신'과 '육체'를 각각 다른 그릇에 담아놓을 수 있을 만큼 기술적 진화를 이루어 여러 삶들을 실현한다. 거대 슈트를 입고 부풀어 오르는가 하면, 데이터 속에서 위태롭게 이어지는 생은 죽음의 의미마저 달라지게 만든다.

한편 비인간 캐릭터들도 인간만큼이나 다채로워졌다. 직업도 다양하여 임종 도우미, 로봇 행위예술가, 공공 노동 로봇 등이 등장하는데, 근미래에 정말로 이런 로봇이 나오지 않을까 싶을 만큼 설득력 있게 그려진 작품이 많았다. 인공지능 시대를 맞아 로봇은 성격과 운명을 지닌 고

유의 존재로 부상했고, 무엇보다 주인공으로 등장하는 빈
도가 늘었다. '인간보다 더 인간적인 로봇 VS 로봇보다 더
비정하고 몰개성한 인간'이라는 낡은 이분법은 사라진 자
리에는 사피엔스 종과 그 밖의 행위자들이 다채로운 태피
스트리를 이루고 있다는 인상을 받았다.

　장편 부문은 전년도에 비해 응모작들의 전반적인 기량
이 올라갔으며, 2차 창작을 염두에 두고 쓴 이야기가 많다
는 인상을 받았다. 그중에서도 『스파이라』는 다른 응모작
과 비교했을 때 현저한 단차가 느껴질 만큼 완성도가 높았
다. 소재와 세계관은 크고 역동적이어서 '장편감'에 걸맞은
중량감을 지녔고, 사건의 전개가 유려하게 진행되어 뛰어
난 스토리텔링이라는 인상을 받았다.

　감염병으로 죽음이 대량화된 세계, 몸을 버리고 가상의
공간에서 대체 인생으로 연장되는 생(소설에서는 AE로 형상
화된 시스템)을 어떻게 볼 것인가, 이것이 소설의 주요 설정
이며 어쩌면 근미래에 도래할 수도 있는 갈등이지 않을까
싶다.

　이 작품의 장점은 주인공 웨이쉬안이 다양한 집단의 사
람들을 경험하면서 서서히 변화하여 납득이 갈 만한 최종
선택을 한다는 점이다. 기존의 서사라면 AE와 같은 곳을
없애거나, 영생과도 같은 가상 세계에 뛰어드는 엔딩 가운

데 하나로 귀결될 확률이 높았을 것이다. 그러나 이 작품의 주인공은 다른 선택을 한다. 인구 절반은 신체를 가진 채 팬데믹 속에서 언제 죽어갈지 모르고, 다른 절반은 산 것도 죽은 것도 아닌 모호한 AE 속에서 불완전한 삶을 연명하는 바로 그 세계를 지키는 마지막 수호자가 되기로 한 것이다.

다시 말해 웨이쉬안은 천국도, 지옥도, 연옥도 아닌 '현실'을 선택한다. 이로 인해 그는 생을 다하는 순간까지 고독 속에 고립될 것이다. 냉소적인 주인공의 변화와 성장은 소설 내내 질주한 모험 속에서 비롯된 것이다.

소설이 시작될 때 염장이인 웨이쉬안은 영혼이 사라진 빈 집(주검)들을 처리하는 반쯤 죽어 있는 자였다. 그러나 예기치 않은 마주침이 연속적으로 발생하자 염세적인 세계관에 변화가 일어난다. 페이와 오카베와 가스미의 죽음, 과격한 황 신부 세력의 공격, 리엔 선배의 조언, 한 사람의 목숨과 맞바꾼 외투를 얻으며 AE의 실체에 다가선다. 일련의 사건을 거치며 웨이쉬안은 떠나간 사람들의 영향을 잊지 않기에 첨탑 밖의 고독한 단 한 명이 되는 길을 택하는 것이다. 구원자로서의 각성이 아니라 인간으로서 성장, 이것이 〈매트릭스〉의 네오와 『스파이라』의 웨이쉬안의 뚜렷한 차이점이다. 이편이 더 서사적이고 멋지다는 것은 말할 나위 없다.

무너져 가는 세상을 없애거나 포기하지 않고 그 자체의 현실로 받아들인다는 주제는 동시대인 우리에게 시사하는 바가 크다.

　토론과 재토론을 거쳐 기나긴 심사에 마침표를 찍었다. 올해의 수상자들이 만들어 낼 책을 떠올려 보니, 불확정성의 시대를 살아가는 우리의 공포와 불안을 들여다보기에 한국과학문학상 수상작품집이 가장 첨예한 지표가 될 수 있겠다는 생각이 들었다. 이 배에 함께 승선하지 못했지만 놓치기 아쉬웠던 작품들을 써준 투고자들에게도 감사의 인사를 전하고 싶다. 책의 강은 길고도 구불구불하게 이어지니, 다른 물결에서 다시 만나게 되기를.

김성중

소설가. 2008년 중앙신인문학상을 통해 작품 활동을 시작했다. 소설집 『개그맨』 『국경시장』 『에디 혹은 애슐리』, 중편소설 『이슬라』 『두더지 인간』 등을 출간했다.

우주의 풍경 앞에서

우주론 중 하나인 끈이론에 따르면 우리가 존재하는 이 공간에는 약 10의 500승 개에 해당하는 서로 다른 우주가 존재할 수 있다고 합니다. 양자론에 따르면 확률이 0이 아닌 모든 사건은 (무한에 가까운) 긴 시간만 주어진다면 반드시 일어난다고 하니, 10^{500}개나 되는 우주는 이미 존재하고 있거나 과거에 존재했거나 앞으로 존재할 것입니다. 눈을 감고 상상해 보면 (끈이론 우주론자들의 묘사에 따른 것이긴 한데) 이러한 다중 우주는 어떤 광대한 풍경을 떠올리게 합니다. 각각의 우주상수 값에 따라 높은 산봉우리처럼 솟아오른 우주가 있고 골짜기처럼 움푹 파인 우주가 있으며 그렇게 높거나 낮고 크거나 작으며 완만하거나 뾰족한 우주들이 펼쳐진 광경을, 일찍이 물리학자인 레너드 서스킨드는 '우주의 풍경'이라고 명명했지요. 우리가 사는 우주는 우주상수 값이 10^{-123}이고 150억 광년 이상 떨어진 모든 별과 은하는 관측과 인식의 지평선 너머로 사라져 가는 곳입니다. 아무리 성능이 뛰어난 망원경을 만들어도, 이 우주적 지평선 밖은 영원히 볼 수 없다고 하는데요. 저는 그런 생각이 떠오를 때마다 마치 '우주적 폐소공포증'에 걸린 듯 막막한 느낌에 빠져듭니다.

심사평을 쓰겠다면서 서론이 너무 길었던 듯합니다. 사실은 그저 우리 우주를 둘러싼 무한한(그러나 영원히 보거나 만지거나 가닿을 수 없는) 다중 우주에 대해 말하고 싶었을 뿐인데 말입니다. 언젠가 이런 얘기를 읽은 적 있기 때문인데요, 차원 속에 또 다른 차원, 그 속에 숨겨진 새로운 또 하나의 차원… 이런 식으로 겹겹이 숨겨진 다른 우주 사이를 넘나들 수 있는 건 오직 인간의 상상력뿐이라는 거지요. 여하튼 결론은 다음과 같습니다. 올해도 제게 온 수많은 응모작을 읽으며 레너드 서스킨드가 말한 '우주의 풍경' 앞에 선 듯 경이로움을 느꼈다는 것. 개중엔 정말 뛰어난 수작이 있었고 상대적으로 그렇지 못한 작품도 있었지만, 원고 하나하나가 작가 각각의 상상을 담고 있다는 점에서 가히 우주의 풍경에 비견한다 해도 과하지 않을 듯했습니다. 특히나 예심을 보며 기뻤던 것은, 전반적으로 원고의 수준이 높아졌다는 사실입니다. 문학적 완성도만이 아니라 SF적 사유 또한 훨씬 깊고 풍성해져서, 읽는 내내 즐겁고 뿌듯했음을 미리 밝혀둡니다.

이번 응모작의 특징을 한 가지 더 꼽는다면, '인간 존재의 의미'라는 SF의 전통적 주제를 정면으로 다룬 작품이 많았다는 점인데요. 어쩌면 이런 흐름은 팬데믹 이후 자연스럽게 나타나는 현상일지도 모릅니다. 다행히 그 길고 어두운 터널을 빠져나왔지만 거대한 죽음의 위협 앞에 서 있던 우리의 무의식 속엔 '인간 자체가 부재하는 세상'이라는 무시무시한 상상이 한밤의 악몽처럼 오래도록 남을 수밖에 없으니까요.

약 두 달에 걸친 예심 기간을 거쳐 최종심에 오른 장편 작품은 세 편입니다(『CAGE』, 『잃어버린 시간을 찾아서』, 『스파이라』).

『잃어버린 시간을 찾아서』는 제목에서 암시되다시피, 냄새를 통해 잃어버린 과거에 다다르고자 하는 사람들의 이야기입니다. 동시에 레이 커즈와일 같은 트랜스 휴머니스트들에 의하면 앞으로 수십 년 내에 가능해진다고 하는 냉동 인간, 신체 개조에 관한 이야기이기도 하고요. 큰 단점 없이 무난하게 읽혔고 말하고자 하는 주제도 선명했지만 지나치게 단순한 세계관과 인간관이 문제로 지적됐습니다. 주인공인 '나'를 중심으로 단 세 명의 인물이 등장할 뿐이며 그들의 세계는 마치 외부와 단절된 듯 보입니다. SF의 가장 중요한 요소인 '(지금 이곳과는 다른) 외부에서 (현실인) 내부를 들여다보기'가 결핍된 듯 보였고, 이는 소설적 사유의 얕음으로 이어졌지요. 하지만 앞으로 작가가 좀 더 깊은 사유를 통해 읽고 쓰기를 거듭한다면 분명 높은 완성도를 가진 작품으로 재탄생시킬 수 있으리라, 기대되는 소설이었습니다.

『CAGE』에 대하여 말하자면, 이 소설의 가장 큰 장점은 깊이 있는 사유와 통찰입니다. 인간 실존에 대해 생각하며 존재의 의미에 관한 탐구를 끝까지 밀어붙이지만, 이런 과정이 자연스러운 사건의 흐름으로 이어지지 못한 것이 아쉬웠습니다. 소설 속 철학과 사유는 주로 주인공과 인공지능 사이의 대화를 통해 설명적으로 제시되었고, 그러다 보니 어떤 부분에서는 소설이라기보다는 철학 개론이나 윤리 교과서 같은 느낌이 들었으니 말입니다. 만약 작가가 대화를 통해 서술된 부분을 구체적인 사건으로 바꾸고 다듬는다면 훨씬 뛰어난 작품으로 탈바꿈할 수 있지 않을까요?

『스파이라』는 반대로, 박진감 넘치는 사건들이 긴장감 있게 전개되는 흥미진진한 소설이었습니다. 인간의 영혼 혹은 두뇌를 디지털화한다는 소재는(이 소설에서는 '정신 전산화 기술'이라고 소개됩니다), 어쩌면 평범하고 익숙하게 보일 수도 있는데요. 하지만 『스파이라』는 최근 들어 유행에 가까워진 이 테마를 추리와 스릴러 구조를 통해 색다르고 재미나게 끌고 가는 데 성공했습니다. 치밀한 구성과 잘 다듬어진 문장 덕분에, 완성도 면에서도 가장 뛰어난 작품임을 부정할 수 없었지요. 다만 한 가지 아쉬운 점은, 소설에서 약간의 기시감을 느꼈다는 것입니다. 장면 하나하나를 영화처럼 보여준 서술 방식은 읽는 재미를 더해주지만, 장르적 문법에 익숙한 독자에게는 그런 부분이 오히려 일종의 클리셰로 여겨질 수 있으니까요. 이 정도 주제라면 인간 존재에 대하여 더 깊게 파고들며 탐구했어도 좋지 않았을까, 하는 생각에 잠시 망설였지만, 기대를 뒤집는 결말의 신선함, 신인답지 않은 완성도를 높이 사 대상작으로 최종 결정하였습니다.

수상을 축하드리며, 끝으로 원고를 보냈지만 수상하지 못한 모든 분에게 이 얘기를 꼭 하고 싶습니다. 소설의 세계는 워낙에 넓고 커서 아마 아주 멀리 떨어진 시공간에서 본다면, 앞서 말한 우주의 풍경처럼 보일 텐데요. 그 세계에선, 이미 한 편의 소설을 완성한 사람은 모두 작가라 할 수 있습니다. 제가 알기로는 수많은 위대한 작가들이 이렇게 말하였는데요, 왜냐하면 각각의 우주가 저마다의 비밀과 독특함을 품은 채 광대하게 펼쳐진 '우주의 풍경' 속에선 우리가 알지 못한다 해도 그것이 그 우주의 부재를 의미하는 건 아니기 때문입니다. 언젠가 결국 우주는 모습을 드러낼 터입니다. 그런 이유로, 저는 여러분의 글쓰기를 끝까지 응원할 거고요.

김희선
소설가. 2011년 『작가세계』를 통해 작품 활동을 시작했다. 소설집 『라면의 황제』
『골든 에이지』 『빛과 영원의 시계방』, 장편소설 『무한의 책』 『죽음이 너희를 갈라놓을
때까지』 『무언가 위험한 것이 온다』 『247의 모든 것』, 에세이 『밤의 약국』 등을
출간했다.

심사평

거미줄 유형의 동아시아 SF

제7회 한국과학문학상 심사를 위해 다섯 명의 심사위원들은 응모된 중단편 316편, 장편 49편을 나눠 받고, 각자 한 달간 숙고의 시간을 거쳐 총 중·단편 27편, 장편 6편의 작품을 본심에 올렸다. 50일 동안 이 작품들을 검토한 뒤, 각각 중·단편 3편, 장편 1편을 추천했다. 최종심에서는 그렇게 추려진 중·단편 12편과 장편 3편을 가지고 집중적으로 논의의 시간을 거쳤다. 치열한 과정을 거친 만큼 최종심에 오른 작품들은 모두 일정 수준 이상을 갖추고 있었다. 심사에 참여해 온 지난 3년간의 시간과 비교해 봤을 때, 발상 단계에서부터 SF라는 장르적 특성을 확실히 의식하면서 치밀하게 구성된 작품이 대다수라고 느꼈다. 작년 최종심 대상작들이 기후 위기를 비롯해 이주여성, 퀴어, 장애 등 사회적 문제들을 명료하게 의식하며 접점을 만들어 내고 있었다면, 올해 최종심 대상작들은 작고 단단한 과학적 사유의 단초 위에 인물들의 관계나 감정을 풍요롭게 구상하며 살을 붙여나간 작품들이 많았다. 단편 길이를 훌쩍 넘어서는 중편이 대다수라는 점에서 거침없이 뻗어나가는 힘이 느껴지기도 했다.

『스파이라』가 얼마나 몰입감 있게 읽혔는지 쓰려다가 장편소설에 몰입감이 높다는 건 서사를 지탱하는 구조의 탄력에 대한 최소한의 칭찬인지도 모르겠다는 생각이 들었다. 장르를 불문하고 장편 서사의 몰입감은 대개 미스터리와 이를 풀기 위한 여정으로 구성되는 경우가 많다. 이 몰입감을 두 종류로 나눈다면 구조물을 쌓아나가다가 결정적인 순간에 거대한 사건을 폭발시키며 수수께끼를 풀듯 전체 그림을 보여주는 '도미노' 유형이 있고, 중심을 따로 두지 않는 형태로 방사형처럼 뻗어나가는 '거미줄' 유형이 있는 것 같다. 그리고 이런 거미줄 유형에서 수수께끼는 영영 풀릴 수 없는 것이 되어 인생 속에 스며들어 버리고 만다. 『스파이라』는 단연 후자인 거미줄 유형에 속한다. 한 여자에 대한 순정에서 출발해 여러 번 죽을 위험에 휘말리다 궁극에는 거대하고 음험한 시스템과 대결하는 주인공의 모습은 하드보일드 탐정소설 속 주인공을 떠올리게 한다. 그리고 하드보일드 장르가 그렇듯 거대한 음모의 전말이 드러나는 것과 무관하게 생의 근본적인 쓸쓸함은 인물을 더 짙게 감싼다.

이 소설 속 주인공은 영웅이기보다는 목격자다. AE와 맞서기 위해 자신의 목숨을 걸었던 페이가 사실상의 전략가이자 실질적 영웅이라면, 웨이쉬안은 연인이었던 페이를 떠나보내지 못해 페이의 꿈속 모습처럼 모든 끔찍함을 견디는 자다. 그는 페이를 사랑하기에 그가 설계한 도면을 따라 자신 역시 부서지고 가까운 사람들이 죽는 모든 순간들을 견뎌낸다. 그러나 거대한 음모가 밝혀지고 신을 경유해 페이를 만나는 마지막에 이르면, 그는 새로운 사랑에 빠졌음을 직시하고 자신을 찾아 떠난다. 그래서 이 소설은 세계적 팬데믹이 발달하는 기술과 만났을 때 어떤 끔찍한 일이 일어나는지 보여주는 디스토피아이지만, 무엇보다 사랑을 잃고 다시 사랑하게 되는 로맨스로 읽힌다.

마지막으로 소설 사이사이 모호한 힘을 품고 있는 아름다운 꿈의 이미지들이 얼마나 긴 여운으로 남았는지 말하고 싶다. 소설 전체에 드리운 암울한 그림자는 웨이쉬안과 페이가 처음 사랑에 빠졌던 홍콩의 색채와 꽤나 잘 어울린다. 이는 물론 홍콩이 현재 빠져 있는 지정학적 위기는 물론 지난 세기말 홍콩 영화들을 자연스럽게 상기시킨다. 영국령이지만 1997년 중국으로 반환이 예정되어 있던 이중국적의 영토, 동서양이 뒤섞이며 자아내던 우아한 퇴폐미, 위태롭게 흔들리는 빛들 속에서 기이하게 늘어지던

밤의 시간. 홍콩 누아르에서 로맨스에 이르기까지 그 시절 우리가 사랑했던 홍콩 영화를 기억하는 사람들이라면 분명 이 소설에도 흔들릴 것이다. 흩뿌려진 슬픔들을 원사 삼아 거미줄처럼 방사형으로 정교하게 직조해 낸, 이 동아시아 SF를 모두 환대해 주시길.

강지희
문학평론가. 2008년 조선일보 신춘문예로 비평 활동을 시작했다. 평론집 『파토스의 그림자』를 출간했다.

낭만적 추리 SF

문학상에 응모된 작품들을 통해 연도별 경향을 가늠해 보는 일은 어쩔 수 없이 얼마간의 과장이 섞이기 마련이라 조금 면구스러운 데가 있지만, 한국과학문학상의 경우는 그렇지 않다. 어쩌면 SF가 새로운 현실에 몹시 민감하게 반응하는 장르이기 때문일지도 모르겠다. 지난 2년의 응 모작들이 코로나, 환경, 소수자 문제와 같은 동시대 사회 현상에 집중하는 경향이 짙었던 반면, 올해는 인공지능, 인체 변형, 마인드맵과 같이 인간과 로봇의 경계에 관한 문제의식이 두터웠다. 이러한 문제의식이 반가운 한편으로 아쉬움도 있었다. 기발한 과학기술 하나를 구상한 다음 그로부터 연상되는 이야기를 기계적으로 조립한 작품보다는, 어떤 상상력이든 이를 하나의 완결된 이야기로서 재구성하는 작업에 대한 고민이 느껴지는 작품을 더 보고 싶었다.

장편 대상작 『스파이라』는 처음 몇 쪽을 읽었을 때부터 대상이 되지 않을 수 없겠다고 생각했다. 소설은 가상공간에서 대체 인생을 살아가는 정신 전산화 기술을 개발하는 AE와 이 회사가 제거하려는 황 신부 세력이라는 팽팽한 대립 구조를 바탕에 깔고 있으면서도 그 구조 안에 고객의 시신을 폐기하는 직원인 '나'라는 인물의 서사를 정교하게 구축한다. SF를 많이 읽은 독자라면 정신 전산화 기술 자체야 익숙할지도 모른다. 그런데 이 소설은 그에 그치지 않는다. 누군가가 사람들의 정신을 납치해서 AE에 넣어버린다는 설정으로 추리 구도를 만들고, 전염병 에피네프가 창궐한 세계 배경의 디스토피아 분위기를 가미할 뿐만 아니라, 사라진 연인을 찾아 헤매는 낭만적인 서사를 엮어내어 이렇게 완성도가 높은 한 편의 장편소설이 탄생했다. 단지 긴장감을 유발하기 위해 몇몇 장면이 인위적으로 삽입된 것이 아니라, 사건을 추적해 가고 가설을 세우고 분석하여 증명해 나가는 모든 대목이 자연스럽게 진행된다. 그러면서도 화자인 '나'가 어떤 욕망을 가지고 이 세계 안에서 움직이는지까지 이 소설은 넉넉히 설득하고 있다. 수만 명의 인격을 종합한 완벽한 인격체로 만들어진 운영체제나 감정을 냉동 상태로 보존한다는 설정의 아이디어도 곳곳에서 독서의 즐거움을 준다. 당선을 진심으로 축하드린다.

인아영

문학평론가. 2018년 경향신문 신춘문예로 비평 활동을 시작했다. 평론집 『진창과
별』을 출간했다.

스파이라

ⓒ 김아인, 2024. Printed in Seoul, Korea

초판 1쇄 찍은날	2024년 9월 2일
초판 1쇄 펴낸날	2024년 9월 11일
지은이	김아인
펴낸이	한성봉
편집	김학제·안태운·박소연
콘텐츠제작	안상준
디자인	최세정
마케팅	박신용·오주형·박민지·이예지
경영지원	국지연·송인경
펴낸곳	허블
등록	2017년 4월 24일 제2017-000050호
주소	서울시 중구 필동로8길 73 [예장동 1-42] 동아시아빌딩
페이스북	facebook.com/dongasiabooks
인스타그램	instargram.com/dongasiabook
트위터	twitter.com/in_hubble
블로그	blog.naver.com/dongasiabook
홈페이지	hubble.page
전자우편	dongasiabook@naver.com
전화	02) 757-9724, 5
팩스	02) 757-9726
ISBN	979-11-93078-27-3 03810

※ 허블은 동아시아 출판사의 문학 브랜드입니다.
※ 잘못된 책은 구입하신 서점에서 바꿔드립니다.

만든 사람들

책임편집	안태운
크로스교열	안상준
디자인	최세정